歷代全集叢刊／張印棟主編

歐陽文忠公全集

十八種附一種

（第三册）

（宋）歐陽修 撰

河南人民出版社

居士集卷第三十二　歐陽文忠公集三十二

墓誌七首

尚書户部侍郎參知政事贈右僕射文安王公墓誌銘 并序

公姓王氏，其先太原祁人。其六世祖某爲唐輝州刺史，遭世亂，因留家碭山。碭山近宋，其後又徙宋州之虞城，今爲應天虞城人也。公諱堯臣，字伯庸。天聖五年舉進士第一，爲將作監丞、通判湖州，召試，以著作佐郎直集賢院、知光州。歲大饑，群盜發民倉廩，吏法當死。公曰：此飢民求食爾，荒政之所恤也。乃請以減死論其後遂以著令至今用之丁父憂服除爲三司度支判官再遷右司諫郭皇后廢居瑶華宫有疾上頗哀憐之方后廢時宦者閻文應有力及后疾文應又主監醫后且卒議者疑文應有姦謀公請付其事御史考按虚實以釋天下之疑事雖不行然自文應用事無敢指言者其一有字後文應卒以恣横斥死后猶在殯有司以歲正月用故事張燈公言郭氏幸得蒙阜恩復位號乃天子后也張燈可廢上遽爲之罷景祐四年以本官知制誥賜服金紫同知通進銀臺司兼門下封駁提舉諸司庫務遷翰林學士知審官院

元昊反西邊用兵以公爲陝西體量安撫使公視四路山川險易還言某路宜益兵若干某路賊所不攻某路宜急爲備至於諸將材能長短盡識之薦其可用者二十餘人後皆爲名將是時邊兵新敗於好水任福等戰死今韓丞相坐主帥失律奪招討副使知秦州范文正公亦以移書元昊不先聞奪招討副使知耀州公因言此兩人天下之選也其忠義智勇名動夷狄不宜以小故置之且任福由違節度以致敗尤不可深責主將由是忤宰相意幷其他議多格不行明年賊入涇原戰定川殺大將葛懷敏乃公指言

爲備處由是始以公言爲可信而前所格議悉見施行因復遣公安撫涇原路公曰陛下復用韓琦范仲淹并甚然將不中御兵法也願許以便宜從事上以爲然因言諸路都部署可罷經略副使以重將權而偏將見招討使以軍禮置德順軍於籠竿城廢涇原等五州營田以其地募弓箭手其所更置尤多方公使還行至涇州而德勝寨兵迫其將姚貴閉城叛公止道左解裝爲牓射城中以招貴且發近兵討之初吏白曰公奉使且還歸報天子爾貴叛非公事也公曰貴土豪也頗得士心然初非叛者今不秉其未定

速招降後必生事爲朝廷患貴果出降明年四月以學士權三司使自朝廷理元昊罷軍興而用益廣前爲三司者皆厚賦暴斂甚者借内藏率富人出錢下至果菜皆加稅而用益不足公始受命則曰今國與民皆弊矣在陛下任臣者如何由是天子一聽公所爲公乃推見財利出入盈縮曰此本也彼末也計其緩急先後而去其蠹弊之有根究者斥其妄計小利之害大體者然後一爲條目使就法度罷副使判官不可用者十五人更薦用材且賢者朞年民不加賦而用足明年以其餘償内藏所借者數百萬又明年

其餘而積於有司者（一有又字）數千萬而所在流庸稍復其業公曰臣之術止於是矣且臣母老頹解煩劇天子多公功以爲翰林學士承旨兼端明殿學士群牧使初官者張永和方用事請收民房錢十之三以佐國事下三司永和陰遣人以利動公公執以爲不可度支副使林瀰附永和議不已公奏罷瀰乃止益利夔三路轉運使皆請增民鹽井課歲可爲錢十餘萬公亦以爲不可而權倖因緣多見裁抑京師數爲飛語及上之左右往往譏其短者上一切不問而公爲之亦自若也及公既罷上慰勞之公頓首謝曰非臣

之能惟陛下信用臣爾丁母憂去職服除復爲學士群牧使再遷給事中皇祐三年以本官爲樞密副使公持法守正遂以身任天下事凡宗室宦官醫師樂工嬖習之賤莫不關樞密而濫恩倖請隨其事可損損之可絶絶之至其大者則皆著爲定令由是小人益怨構爲飛書以害公公得書自請曰臣恐不能勝衆怨願得罷去上愈知公爲忠爲下令購爲書者甚急公益感勵在位六年廢職修舉皆有條理樞密使狄青以軍功起行伍居大位而士卒多屬目往往造作言語以相扇動人情以爲疑而青色頗自得公嘗

以語衆折青爲陳禍福言古將帥起微賤至富貴而不能保首領者可以爲鑒戒青稍沮畏嘉祐元年三月拜戶部侍郎叅知政事三年遷吏部侍郎八月二十一日以疾薨于位享年五十有六公在政事論議有所不同必反復切劘至於是而後止不爲獨見在上前所陳天下利害甚多至施行之亦未嘗自名其所設施與在樞密時特異豈政事者丞相府也其體自宜如是耶公爲人純質雖貴顯不忘儉約與其弟純臣相友愛世稱孝悌者言王氏遇人一以誠意無所矯飾善知人多所稱薦士爲時名臣者甚衆有文

集五十一作六十卷將終口授其弟純臣遺奏以宗廟至重儲嗣未立爲憂天子愍然臨其喪輟視朝一日贈左僕射太常謚曰文安曾祖諱化某官一無某官二字下同贈太傅妣戚氏封曹國太夫人祖諱礪某官父諱瀆某官皆贈太師中書令兼尚書令祖妣袁氏鄆鄆一作國太夫人妣仇氏徐國太夫人娶丁氏安康郡夫人子男三人同老大理評事周老太常寺太祝早卒朋老大理評事二女長適校書郎戚師道早卒次未嫁王氏自遷虞城由公曾祖而下或葬雙金或葬土山皆在虞城嘉祐四年八月十日改葬公之皇考于宋城

縣平臺鄉石落原而以公從葬焉銘曰

王爲祁人遭亂不還六世之祖初留碭山其後再遷虞宋之閒遂安其居葬不遠卜宋多名家王實大族族大而振自公顯聞公初奮躬以學以文逢國多事有勞有勤利歸于邦怨不避身帝識其忠謂堪予弼俾副樞機出入惟密遂參政事實有謀謨誰中止之不俾相予帝有褒章愍飾之贈長于百寮考德惟稱維古載功在其廟器今亦有銘幽宫是閟

資政殿大學士尚書左丞贈吏部尚書正肅

吴公墓誌銘

嘉祐四年十一月丁未資政殿大學士金紫光禄大夫尚書左丞知河南府兼西京留守司上柱國渤海郡開國公食邑二千八百户食實封八百户贈吏部尚書謚曰正肅吴公葬于鄭州新鄭縣崇義鄉朝村之原吴氏世爲建安人自高曾以來皆葬建州之浦城至公始葬其皇考于新鄭公諱育字春卿爲人明敏勁果彊學博辯能自忖（一作持）度不可守不發已發莫能屈奪天聖中與其弟京方俱舉進士試禮部爲第一遂中甲科而京方皆及第當第時吴氏兄弟名聞天下公初以大理評事知臨安諸暨二縣還本寺

丞知襄城縣舉才識兼茂明於體用策入三等遷著作佐郎直集賢院通判蘇州同知太常禮院三司戶部度支二判官知諫院脩起居注知制誥判太常大理二寺吏部流内銓史館修撰累遷起居舍人爲翰林學士久之遷禮部郎中以學士知開封府公爲政簡嚴所至民樂其不擾去雖久愈思之初秦悼王葬汝州界中其後子孫當從葬者與其歲時上冢者不絕故宗室宦官常往來爲州縣患公在襄城每裁折一作叩之宗室宦官怒或夜半叩縣門索牛駕車以動之公輒不應及旦徐告曰牛不可得也由是宗室宦

官曰此不可為也凡過其縣者不敢以鷹犬犯民田至他境矣然後敢縱獵其治開封尤先豪猾曰吾何有以及斯人去其為害者而已居數日發大姦吏一人流于嶺外一府股栗又得巨盜積贓萬九千緡獄具而輒再變衆疑以為冤天子為遣他吏按之卒伏法由是京師肅清方元昊叛河西契丹亦乘間驁盟朝廷多故公數言事獻計畫自元昊初遣使上書有不順語朝廷亟命將出師而群臣爭言豎子即可（一作可即）誅滅獨公以謂元昊雖名藩臣而實夷狄其服叛荒忽不常宜示以不足責外置之且其已僭名號誇

其人勢必不能自削以取羞種落第可因之賜號若國主者且故事也彼得其欲宜不肯妄動然時方銳意於必討故皆以公言為不然其後師久無功而一無此字元昊亦歸過自新天子為除其罪卒以為夏國主由是議者始悔不用公言而虛弊中國公在開封數以職事辨爭或有不得則輒請引去天子惜之慶曆五年正月以為諫議大夫樞密副使三月拜參知政事與賈丞相爭事上前上之左右與殿中人皆恐色變公論辯不已既而曰臣所爭者職也顧力不能勝矣願罷臣職不敢爭上顧一作多公直乃復以為樞密

副使居歲餘大旱賈丞相罷去御史中丞高若訥用洪範言大臣廷爭爲不肅故雨不時若因幷罷公以給事中知許州又知蔡州州故多盜公按令爲民立伍保而簡其法民便安之盜賊爲息京師有告妖賊千人聚確山者上遣中貴人馳至蔡以名捕者十人使者欲得兵自往取之公曰使者欲藉兵立威欲得妖人以還報也使者曰欲得妖人爾公曰吾在此雖不敏然聚千人于境内安得不知使信有之今以兵往是趣其爲亂也此不過鄉人相聚爲佛事以刹錢財爾一弓手召之可致也乃館使者日與之飲酒而

密遣人召十人者皆至送京師告者果伏章拜資政
殿學士徙知河南府兼西京留守司又徙陜府遷禮
部侍郎徙永興軍丁父憂去官起復懇請終喪服除
加拜翰林侍讀學士且召之公辭以疾上惻然遣使
者存問賜以名藥遂以知汝州居久之又辭以疾即
以爲集賢院學士判西京留守司御史臺疾少間一作
愈復知陜府加拜資政殿大學士自公罷去上數爲
大臣言吴某剛正可用每召之輒以疾不至於是召
還始侍講禁中判通進銀臺司尚書都省明年拜宣
徽南院使鄜延路經略安撫使判延州龐丞相經略

河東與夏人爭麟州界亟築柵於白草公以謂約不先定而亟城必生事遽以利害牒河東移書龐公且奏疏論之（一有朝廷二字）皆不報已而夏人果犯邊殺驍將郭恩而龐丞相與其將校十數人皆以此得罪麟府遂讋既而公復以疾辭不任邊事且求解宣徽使乃復以爲資政殿大學士尚書左丞知河中府遂徙河南公前在河南踰月而去河南人思之聞其復來皆驩呼迎于路惟恐後其卒也皆聚哭公享年五十有五以嘉祐三年四月十五日（一作乙卯）卒于位（一有以聞二字）詔輟朝一日曾祖諱進忠贈太師妣陳氏吳國太夫人

祖諱諒贈中書令妣葛氏越國太夫人父諱待問官至禮部侍郎贈太保妣李氏楚國太夫人娶王氏太原郡夫人子男十人安度安矩安素皆太常寺太祝安常大理評事安正安本安序皆秘書省正字安亨太常寺奉禮郎安憲安節未仕女三人長適集賢校理韓宗彦次適著作佐郎龐元英皆早卒次適光禄寺丞任逸公在二府時太保公以列卿奉朝請父子在廷士大夫以爲榮而公蹴踖不安自言子班父前非所以示人以法願不敢以人子私亂朝廷之制願得罷去不聽天子數推恩群臣子弟公每先及宗族

踈遠者至公之卒子孫未官者七人有文集五十卷尤長於論議銘曰

顯允吴公有家于閩自我皇考卜兹新原亭壤深泉樂其寬閑令公其從公志之安公昔尚少（一作少時）始來京師挾其二季名發聲馳乃賜之策以承帝問語驚于（一作天）廷有偉其論乃登侍從乃任大臣出入險夷周旋屈伸公所策事先其利害初有不從後無不悔公於臨政簡以便人人失（一作去）而思愈久彌新帝曰廷臣汝剛而直來汝予用斷余不惑公曰臣愚負薪之憂帝爲咨嗟公其少休優以本邦寵其秩禄尚冀

公來公辛不復史臣考德作銘幽宅

鎮潼軍節度觀察留後李公墓誌銘

嘉祐五年八月某日鎮潼軍節度觀察留後知澶州軍州事隴西李公得暴疾薨于州之正寢其以疾聞也上方宴禁中爲止樂命中貴人馳國醫往視未及行而以薨聞詔輟視朝一日賜其家黄金三百兩贈公感德軍節度使已而又贈兼侍中太常謚曰某即以其年某月某日葬于開封府開封縣褒親鄉先塋之次公諱端懿字元伯開封人也右千牛衛將軍贈太師尚書令兼中書令隴西元靖王諱崇矩之曾孫

連州刺史贈太師諱繼昌之孫鎮國軍節度使駙馬都尉贈尚書令兼中書令許和文公諱遵勗之子母曰齊國獻穆大長公主太宗之女真宗之妹今天子之姑屬親而尊禮秩崇顯其淑德美問彰于内外而和文公好學不倦折節下士喜交名公卿一時翕然號稱賢尉故李氏之盛受寵三朝而天下之士不後其榮而樂道其德公爲冢子於其家法習見安行不待教告必篤學問長而孝友喜爲詩工書畫至於陰陽醫術星經地理無所不通七歲爲如京副使歷文思副使供備庫使洛苑使新州刺史康懷二州團練

使濟州防禦使坐知冀州失捕妖人降授單州團練使知均州未行改滑州兵馬鈐轄居歲中遷汝州防禦使蔡州觀察使天子祀明堂推恩徙華州觀察使獻穆大長公主薨起復爲鎮國軍節度觀察留後公泣血辭讓願終喪制上不許其讓許其終喪給以全俸服除拜鎮潼軍節度觀察留後累階金紫光禄大夫勳上柱國爵開國公食邑四千四百户實封九百户公爲兒時上在東宫眞宗命公侍硏席上尤親愛嘗解方玉帶賜之稍長出入宫禁禮如家人雖燕見語不及私數爲上陳朝廷闕失開說古今治亂多所

補益退而未嘗言公既薨得其遺藁之未上者言宗
室事甚詳其餘不傳公少自勉勵見士大夫有失節
廢義者輒歎曰士起寒苦以學行自名至牵利欲遂
亡其所守况驕佚易習而生長富貴間耶故常惕然
痛自刮磨思立名節聞一善士傾身下之而賢士大
夫亦樂與之遊以此多得名譽方大長公主在時數
欲求外官以自効不可得久之出知冀州爲政循法
度檢身東下民以不擾歲蒲召還初在冀捕妖人李
校校窮自經死驗得實矣後貝州妖賊王則閉城叛
聲言校在以惑衆公坐貶官已而則誅城開無李校

者乃還公防禦使又知鄆州安撫京東之西路是歲京東水災民饑流亡公爲治室廬發倉廩而流人至者如歸咸賴以全活置弓手馬教其馬鬬皆如精兵治汶陽堤百餘里鄆人遂無水患又知澶州發軍吏之姦者去之流其尤者於遠方然後明軍籍均其勞逸軍中稱平而畏其法始下令捕盜有登隣屋取一杓者遽寘之法以徇於市曰是固足以信吾令由是盜賊屛息公雖以公主子自少居京師常領職事其在三班院尤爲稱職三班掌諸使臣功過黜陟而主者皆顯官自重或貴家子食俸廩而已吏得因依爲

蕪而職廢久不省至公始躬治簿書考覈虛實賞罰必當後人多遵用其法及出爲三州又皆有治狀故雖享年不永不究其所施而士君子皆知其非安於富貴者也及聞其喪也莫不痛惜焉公自爲鎮潼留後十年不遷上以其久也以爲寧遠軍節度使公懇辭不拜及其薨也遂贈感德軍節度使公享年四十有八娶郭氏封仁壽郡君先公九年卒贈太原郡夫人西京左藏庫使昌州團練使中和之女子男五人長曰詵供備庫副使次曰諲曰詢皆右侍禁次曰諄曰訢尚幼女四人長適皇姪右屯衛大將軍吉州團

練使建安郡公宗保早卒次適祕書丞夏倚次適皇
姪左領軍衛大將軍宗景次適皇姪孫右監門衛將
軍世逸公平生嘗語其子弟曰吾蒙國厚恩未有以
報吾且死宜有遺言毋因以求恩澤及其覺也其家
如其言銘曰

允矣和文惟時顯人蔚有士譽匪矜帝姻賚其子孫
列爵啓國惟公承之克似其德士起寒家驕于滿盈
紛其利欲敗節隳名公生盛族赫奕高明都尉之子
天子之甥惟謹惟恭其色不懈聞善如貪在得思戒
間亦宴見忠言告猷學而從政有惠三州享其多美

獨不避年高旌巨節以賁于泉扃又贈之金璫附蟬寵渥名榮（一作榮名）惟有其實刻詩同藏其固其密

居士集卷第三十二

熙寧五年秋七月男發等編定

紹熙二年三月郡人孫謙益校正

王文安公墓銘　封曹國（一無封字）

吳正肅公墓銘　才識兼茂明於體用（一作賢良方正直言極諫）上

顧上（一作稱）州故多盜（州一作蔡）留守司（一無守字）本邦（一作大邦）

李留後墓銘

即以某年一作其年

墓誌四首

尚書工部郎中充天章閣待制許公墓誌銘

并序

公諱元，字子春，姓許氏，宣州宣城人也。許氏世以孝謹稱鄉里。其父亡一子當官，兄弟相讓久之，曰：「吾弟材，後必庇吾宗。」乃以公補郊社齋郎，徙居海陵，力耕以養其母。調明州定海劒州順昌縣尉、泰州軍事推官。戍兵千人自海上亡歸，州守聞變，不知所為。公為詰其所以來，二三人出前對，公叱左右執之，曰：「惑衆者此爾其餘何罪勞其徒而遣之遷鎮東軍節度推官知潤州丹陽縣縣有練湖決水一寸爲漕渠一尺故法盜決湖者罪比殺人會歲大旱公請借湖水溉民田不待報決之州守遣吏按問公曰便民罪令可也竟不能詰由是溉民田萬餘頃歲乃大豐再遷太子中舍監揚州博鹽和糴倉知泰州如皋縣所至民愛思之公爲吏喜修廢壞其術長於治財自元昊叛河西兵出久無功而天下勞弊三司使言公材以主榷貨公言先時賈人入粟塞下京師錢不足以償故錢償愈不足則粟入愈少而價愈高是謂内外俱困

請高寒粟之價下南鹽以償之使東南去滯積而西北之粟盈曰此輕重之術也行之果便是時京師粟少而江淮歲漕不給三司使懼大臣以爲憂參知政事范仲淹謂公獨可辦乃以公爲江淮兩浙荆湖發運判官公曰以六路七十二州之粟不能足京師者吾不信也至則治千艘浮江而上所過州縣留三月食其餘悉發而州縣之廩遠近以次相補由是不數月京師足食既而嘆曰此可爲於乏之時然歲漕不給者有司之職廢也乃考故事明約信令發斂轉徙至於風波遠近遲速賞罰皆有法凡江湖數千里外談

筴治之不擾不勞而用以足公初以殿中丞爲判官已而爲副爲使每歲終會計來朝天子必加恩禮特賜進士出身官至工部郎中天章閣待制凡在職十有三年已而曰臣憊矣願乞臣一州天子顧代公者難其人其請至八九久之察其實病且老矣乃以知揚州居歲餘徙知越州公益病又徙泰州至州未視事以嘉祐二年四月某日卒于家享年六十有九曾祖諱裯池州録事參軍祖諱規贈大理評事父諱遜尚書司封員外郎贈工部侍郎公娶馮氏封崇德縣君先公卒子男二人長曰宗旦眞州揚子縣主簿次

曰宗孟守將作監主簿女一人適太常寺太祝滕希雅先是江淮歲漕京師者常六百萬石其後十餘歲歲益不充至公爲之歲必六百萬而常餘百萬以備非常方其去職有勸公進爲羨餘者公曰吾豈聚斂者哉敢用此以希寵公爲人善談論與人交久而益篤於其家尤孝悌所得俸禄分給宗族無親疏之異其孤宗旦等以某年某月某日葬公於真州楊子縣甘露鄉之某原其所與遊廬陵歐陽脩誌於其墓曰嗚呼爲天下者固常養材於無事之時蓋必有事然後材臣出自寶元慶曆以來兵動一方奔走從事於

其間者皆號稱天下豪傑其智者出謀材者獻力訖
不得少如其志而公遭此時用其所長且久於其官
故得卒就其業而成此名此其可以書矣乃爲之銘
曰
材難矣有藴而不得其時時逢矣有用而不盡其施
功難成而易毀雖明哲或不能以自知公材之敏兮
用適其宜志方甚壯兮力則先衰行著于家而勞施
于國永幽其閟兮銘以哀之

尚書刑部郎中充天章閣待制兼侍讀贈右

諫議大夫孫公墓誌銘

公諱甫字之翰許州陽翟人也初舉進士天聖五年得同學究出身爲蔡州汝陽縣主簿八年再舉進士及第爲（一無此字）華州觀察推官轉運使李紘薦其材遷大理寺丞知絳州翼城縣故丞相杜祁公與紘皆以清節自高尤難於取士聞公紘所薦也數招致之一見大喜已而祁公自御史中丞拜樞密直學士知永興軍辟公司録凡事之繁猥者一以委之公歎曰待我以此可以去矣祁公爲謝顧事非他吏不能者不敢煩公公乃從容爲陳當世之務所以緩急先後施設之宜又多薦士之賢而在下者於是祁公自以爲

得益友叢滿知彭州永昌縣監益州交子務再遷太常博士祁公爲樞密副使薦于朝得祕閣校理是時諸將兵討靈夏久無功天下騷動盜賊數入州縣殺吏卒吏多失職而民弊矣天子方鋭意更用二三大臣乃極選一時知名士增置諫員使補闕失公以右正言居諫院上好納諫諍未嘗罪言者而至言宮禁事他人猶須委曲開諷而公獨曰所謂后者正嫡也其餘皆猶婢爾貴賤有等用物不宜過僭自古寵女色初不制而後不能制者其禍不可悔上曰用物在有司吾恨不知爾公曰世謂諫臣耳目官所以達不

知也若所謂前世女禍者載在書史陛下可自知也上深嘉納之保州兵變前有告者大臣不時發之公因力言樞密使副當得罪使乃杜祁公也邊將劉滬城水洛于渭州部署尹洙以滬違節度將誅之大臣稍主洙議公以謂水洛通秦渭於國家利滬不可罪由是罷洙而釋滬洙公平生所善者也公在諫院所言補益尤多是三者其一人所難言其二人所難處者其後言宰相以其事當去者上亟爲罷之因以陳執中爲參知政事公又言執中不可用由是上難之公遂求解職於是小人不便大臣執政而朋黨之論

起二三公相繼去位公亦在論中而辨諍愈切不自疑由是罷諫職以右司諫知鄧州徙知安州歷江南兩浙轉運使再遷兵部員外郎改直史館知陜府又徙晉州河東轉運使公素羸性淡然寡所好欲恂恂似不能言而内勁果遇事精明議者謂公道德文學宜在朝廷備顧問而錢穀刀筆非其職然公處之益辨至臨疑獄滯訟常立得其情大賊張海郭貌山攻劫商鄧新破南陽順陽公安輯有方常曰教民知戰古法也乃親閱縣弓手教之擊射坐作皆爲精兵盜賊爲息陜當東西衝吏苦厨傳而前爲守者顧毁譽

不能有所損至公痛裁節之過客畏其清初無所望而亦莫之毁也陜人賴以紓後遂以爲法其爲轉運使所至州縣視其職事修廢察其民樂否以此升黜官吏而不納毁譽遇下雖嚴而不害其在兩浙范文正公守杭州以大臣或便宜行事公曰范公貴臣也吾屈於此則不得伸於彼矣由是一切繩以法而常以監司自處范公遇公無倦色及退而不能無恨公遇范公不少下然退而未嘗不稱其賢也自河東召爲度支副使勤其職不以爲勞已而得疾嘉祐元年遷刑部郎中天章閣待制河北都轉運使不行疾少

間乃留侍讀公博學彊記尤喜言唐事能詳其君臣行事本末以推見當時治亂每爲人說如其身履其間而聽者曉然如目見故學者以謂終歲讀史不如一日聞公論也所著唐史記七十五卷論議宏贍書未及成以嘉祐二年正月戊戌卒于家享年六十公既卒詔取其書藏于祕府贈右諫議大夫又有文集七卷公喜接士務揚人善所得俸廩多所施與撫諸孤兒教育如己子曾祖諱怤博州堂邑主簿祖諱賁尚書庫部員外郎考諱從革不仕以公貴累贈都官郎中母曰長安縣太君李氏娶程氏壽昌縣君子三

人長曰宜滑州節度推官次曰寔曰寘皆將作監主簿女三人一適將作監主簿程著餘皆早亡以五年七月丁酉葬公于陽翟縣舊學鄉塢頭村之北原銘曰

惟學而知方以行其義惟簡而無欲以遂其剛力雖弱兮志則彊積之厚兮發也光宜壽兮奄以藏有深其泉兮有崇其岡永安其固兮百世無傷

梅聖俞墓誌銘 并序

嘉祐五年京師大疫四月乙亥聖俞得疾卧城東汴陽坊明日朝之賢士大夫往問疾者騶呼屬路不絶

城東之人市者廢行者不得往來咸驚顧相語（一作謂）曰茲坊所居大人誰耶（一作茲坊大人誰也）何致客之多也居八日癸未聖俞卒於是賢士大夫又走弔（二字一作共哭）如前日益多而其尤親且舊者相與聚而謀其後事自丞相以下皆有以賻卹其家粤六月甲申其孤（一作子）增（一無此字）載其柩南歸以明年正月丁丑葬于其所（一作宣州陽城鎮雙歸山）聖俞字也其名堯臣姓梅氏宣州宣城人也（一作姓梅氏名堯臣宣州人也）自（一無此字）其家世頗（一有皆字）能詩而從（一作叔）父詢以仕顯至聖俞遂以詩聞自武夫貴戚童兒（一作兒童）野叟皆能道其名字雖妄愚人不能知詩

義者直曰此世所貴也吾能得之用以自矜故求者日踵門而聖俞詩遂行天下其初喜爲清麗閒肆平淡久則涵演深遠間亦琢刻以出怪巧然氣完力餘益老以勁其應於人者多故辭非一體至於他文章皆可喜非如唐諸子號詩人者僻固而狹陋也聖俞爲人仁厚樂易未嘗忤於物至其窮愁感憤有所罵譏笑謔一發（一有之字）於詩然用以爲驩而不怨懟可謂君子者也初在河南（一有時字）王文康公見其文歎曰二百年無此作矣其後大臣屢薦宜在館閣嘗一召試賜進士出身餘輒不報嘉祐元年翰林學士趙槩等

十餘人列言于朝曰梅某經行修明願得留與國子
諸生講論道德作爲雅頌一作風雅以詠聖化乃得國
子監直講三年冬祫于太廟御史中丞韓絳言天子
且親祠當更制樂章以薦祖考惟梅某爲宜亦不報
聖俞初以從父蔭補太廟齋郎歷桐城河南河陽三
縣主簿以德興縣令知建德縣又知襄城縣監湖州
塩稅簽署忠武鎮安兩軍節度判官監永濟倉國子
監直講累官至尚書都官員外郎嘗奏其所撰唐載
二十六卷多補正舊史闕繆乃命編修唐書書成未
奏而卒享年五十有九曾祖諱遠祖諱邈皆不仕父

諱讓太子中舍致仕贈職方郎中母曰仙遊縣太君
束氏又曰清河縣太君張氏初娶謝氏封南陽縣君
再娶刁氏封某（一作平恩）縣君子男五人曰增曰墀曰垌
曰龜兒一早卒女二人長適太廟齋郎薛通次尚幼
聖俞學長於毛氏詩爲小傳二十卷其文集四十卷
注孫子十三篇余嘗論其詩曰世謂詩人少達而多
窮蓋非詩能窮人殆窮者而後工也聖俞以爲知言

銘曰

不戚其窮不困其鳴不躓于艱不履于傾養其和平
以發厥聲震越渾鍠衆聽以驚以揚其清以播其英

以成其名以告諸冥

江鄰幾墓誌銘

君諱休復，字鄰幾。其爲人外若簡曠，而内行修飭，不妄動於利欲。其彊學博覽，無所不通，而（一無此字）不以矜人。至有問，輒應，雖好辯者不能窮也，已則默若不能言者。其爲文章淳雅，尤長於詩，淡泊閒遠，往往造人之不至。善隸書，喜琴奕飲酒，與人交久而益篤，孝於宗族，事孀姑如母。天聖中，與尹師魯、蘇子美遊，知名當時。舉進士及第，調藍山尉，騎驢赴官，每據鞍讀書，至迷失道，家人求得之乃覺。歷信、潞二州司法參軍又舉書判拔萃，改大理寺丞知長葛縣事通判閬州以母喪去職服除知天長縣事遷殿中丞又以父憂終喪獻其所著書召試充集賢校理判尚書刑部當慶曆時小人不便大臣執政者欲累以事去之君友蘇子美杜丞相壻也以祠神會飲得罪一時知名士皆被逐君坐落職監蔡州商稅久之知奉符縣事改太常博士通判睦州徙廬州復得集賢校理判吏部南曹登聞檢（一作鼓）院爲群牧判官出知同州提點陝西路刑獄入判三司鹽鐵句院修起居注累遷刑部郎中君於治人則曰爲政所以安民也無擾之而已故所至民樂其簡易至辨疑折獄則或權以術舉無不得而不常用亦不自以爲能也君所著書號唐宜鑒十五卷春秋世論三十卷文集二十卷又作神告一篇言皇嗣事以謂皇嗣國大事也臣子以爲嫌而難言或言而不見納故假神告祖宗之意務爲深切冀以感悟又嘗言昭憲太后杜氏子孫宜録用故翰林學士劉筠無後而官没其貲宜爲立後還其貲劉氏（一有因字）得不絶君之論議頗多凡與其遊者莫不稱其賢而在上位者久未之用也自其修起居注士大夫始相慶以爲在上者知將用之矣而用君有亦方

自以為得而君亡矣。嗚呼！豈非其命哉！君以嘉祐五年四月乙亥以疾終于京師，即以其年六月庚申葬于某所（一作陽夏鄉之原）。君享年五十有六。方其亡恙時，為理（一作治）命數百言。已而疾且革，其子問所欲言，曰：「吾已著之矣。」遂不復言。曾祖諱濬，殿中丞，贈駕部員外郎；妣李氏，始（一作隆）平縣太君。祖諱日新，駕部員外郎，贈太僕少卿；妣孫氏，富陽縣太君。考諱中古，太常博士，贈工部侍郎；妣張氏，仁壽縣太君。夫人夏侯氏，永安縣君，金部郎中彧之女，先君數月卒。子男三人：長曰懋簡，并州司戶參軍；次曰懋相，太廟齋郎；次曰懋迪女三人長適祕書丞錢衮餘尚幼君姓江氏開封陳留人也自漢轑陽侯德居於陳留之圉城其後子孫分散一作居而君世至今居圉城不去自高祖而上七世葬圉南夏岡由大王父而下三世乃葬陽夏銘曰

彼馳而我後彼取而我不豈用力者好先而知命者不苟嗟吾鄰幾兮卒以不偶舉世之隨兮君子之守衆人所亡兮君子之有其失一世兮其存不朽惟其自以爲得兮吾將誰咎

居士集卷第三十三

熙寧五年秋七月男發等編定

紹熙二年三月郡人孫謙益校正

孫公墓銘 未嘗罪言者五字上一有雖字宜壽兮宜字上脫仁字

梅聖俞墓銘 號詩人者一作號爲詩人見其文文一作詩

墓誌五首

尚書駕部員外郎致仕薛君墓誌銘 并序

尚書駕部員外郎致仕薛君諱長孺字元卿絳州正平人也贈太傅諱溫瑜之曾孫殿中丞贈太師諱化光之孫右班殿直贈左驍衛大將軍諱睦之子尚書户部侍郎贈司空簡肅公兄之子薛爲絳大族簡肅公爲時名臣君爲薛氏良子弟少用簡肅公蔭補郊社齋郎將作監主簿太常寺太祝大理評事衛尉大理寺丞太子右（一作左）贊善大夫殿中丞國子博士尚

書虞部比部駕部三員外郎歷知趙州臨城縣通判漢湖滑三州知彭州坐斷獄降監陽武縣稅會簡肅公夫人薨葬于絳州即起君知州事以辦葬歲滿通判成都府未行遂以疾致仕居于許州之鄢城嘉祐六年七月丙午以卒享年六十有一君在漢州州兵數百殺其軍校燒營以爲亂君挺身徒步自壞垣入其營中以禍福語亂卒曰叛者立左脅從者立右於是數百人者皆趨立於右獨叛者十三人亡去州遂無事明年蜀大饑今韓丞相安撫兩川獨漢人不甚殍賜詔書奬諭其在絳也曰絳吾鄉里也長老乃吾

父師子弟猶吾子弟也爲立學置學官以教之爲政有惠愛絳人大悦君爲人謹默淳質平居似不能言而其臨事如此先娶李氏早亡後娶董氏封范陽縣君子男二人長曰延永興軍醴泉縣主簿次曰通蔡州司户參軍孫男曰震孫女三人以治平三年二月乙酉葬于絳州正平縣清原（一作源）鄉周村原將葬其女弟之夫歐陽脩爲之銘曰

維聖有言兮仁勇而壽壽胡不多兮勇則信有爲政鄉州兮稱于長老廬車來歸兮鄉人奔走遺思在人兮刻銘不朽

國子博士薛君墓誌銘并序

君諱良孺，字得之，姓薛氏，絳州正平人也。少孤，育於其叔父是為簡肅公。以公蔭為將作監主簿、太常寺奉禮郎、大理評事、將作監丞、大理寺丞，遷太子右贊善大夫、殿中丞。嘗知秦州清水縣，縣雜蕃夷，君為簡其政令，示之必信，蕃夷畏愛，歲滿罷去，人甚思之。其後簽書通利軍判官公事，與其軍守爭事，坐停官。久之，復為殿中丞，遷國子博士，監陳州清酒務。嘉祐八年二月甲午，以疾卒于官舍，享年四十有六。宋興百年，薛姓五顯，而簡肅公以清德直節聞，故其家法嚴而子弟多賢材君爲人開爽明秀幼爲簡肅公所愛若己過一作其子長工書作歌詩嘗一舉進士不中以蔭補例監庫務無所施其能一爲民政遂有聲平居喜飲酒談笑與其親戚朋友驩然未嘗有怨惡其在通利與其軍守所爭皆公事既廢無懟色至卒窮以死豁如也嗚呼可哀也已曾祖贈太傅諱温瑜祖贈太師諱化光父右班殿直贈左驍衛大將軍諱睦君娶張氏故樞密直學士逸之女封仁壽縣君先君二歲而卒子男一人曰遜女三人長適大理評事王正甫次適太常寺太祝王端甫次尚幼治平三年二月乙

酉其孤遜舉其喪合葬于絳州正平縣清原源一作鄉周村原將葬廬陵歐陽脩曰余薛氏壻也與君遊而賢其人宜有以哀之乃爲之銘曰

維古才子兮出于名族嗟吾得之兮既哲而淑有能不施兮不遐以趣卒困于艱兮泰乎自足絳水深長兮山岡起伏利我後人兮安于吉卜

徂徠石先生墓誌銘 并序

徂徠先生姓石氏名介字守道兖州奉符人也徂徠魯東山而先生非隱者也其仕嘗位於朝矣魯之人不稱其官而稱其德以爲徂徠魯之望先生魯人

之所尊故因其所居山以配其有德之稱曰徂徠先生者魯人之志也先生貌厚而氣完學篤而志大雖在畎畝不忘天下之憂以謂時無不可爲爲之無不至不在其位則行其言吾言用功利施於天下不必出乎己吾言不用雖獲禍咎至死而不悔其遇事發憤作爲文章極陳古今治亂成敗以指切當世賢愚善惡是是非非無所諱忌（一作忌諱）世俗頗駭其言由是謗議喧然而小人尤嫉惡之相與出力必（一有欲字）擠之死先生安然不惑不變曰吾道固如是吾勇過孟軻矣不幸遇疾以卒既卒而姦人有欲以奇禍中傷大

臣者猶指先王以起事謂其詐死而北走契丹矣請發棺以驗賴天子仁聖察其誣得不發棺而保全其妻子先生世爲農家父諱丙始以仕進官至太常博士先生年二十六舉進士甲科爲鄆州觀察推官南京留守推官御史臺辟主簿未至以上書論赦罷不召秩滿還其軍節度掌書記代其父官于蜀爲嘉州軍事判官丁内外艱去官垢面跣足躬耕徂徠之下葬其五世未葬者七十喪服除召入國子監直講是時兵討元昊久無功海内重困天子奮然思欲振起威德而進退二三大臣增置諫官御史所以求治之

意甚鋭先生躍然喜曰此盛事也雅頌吾職其可已乎乃作慶曆聖德詩以褒貶大臣分别邪正累數百言詩出太山孫明復曰子禍始於此矣明復先生之師友也其後所謂姦人作奇禍者乃詩之所斥也先生自閑居徂徠後官于南京常以經術教授及在太學益以師道自居門人弟子從之者甚衆太學之興自先生始其所爲文章曰某集者若干卷曰某集者若干卷其斥佛老時文則有怪説中國論曰去此三者然後可以有爲其戒姦臣宦女則有唐鑑曰吾非爲一世監也其餘喜怒哀樂必見於文其辭博辯雄

偉而憂思深遠其爲言曰學者學爲仁義也一有仁急於利物義果於有爲十字惟忠能忘其身信篤於自信者乃可以力行也以是行於已亦以是教於人所謂堯舜禹湯文武周公孔子孟軻楊雄韓愈氏者未嘗一日不誦於口思與天下之士皆爲周孔之徒以致其君爲堯舜之君民爲堯舜之民亦未嘗一日少忘于心至其違世驚衆人或笑之則曰吾非狂癡者也是以君子察其行而信其言推其用心而哀其志先生直講歲餘杜祁公薦之天子拜太子中允今丞相韓公又薦之乃直集賢院又歲餘始去太學通判濮州方待次于

徂徠以慶曆五年七月某日卒于家，享年四十有一。友人盧陵歐陽脩哭之以詩，以謂待彼謗焰熄，然後先生之道明矣。先生既没，妻子凍（一作寒）餒不自勝。今丞相韓公與河陽富公分俸買田以活之。後二十一（一無此字）年，其家始克葬先生于某所。將葬，其子師訥與其門人姜潛、杜默、徐遁等來告曰：「謗焰熄矣，可以發先生之光矣，敢請銘。」某曰：「吾詩不云乎，『子道自能久』也，何必吾銘？」遁等曰：「雖然，魯人之欲也。」乃爲之銘曰：

徂徠之巖巖，與子之德兮，魯人之所瞻。汶水之湯湯，與子之道兮，逾（一作愈）遠而彌長。道之難行兮，孔孟（一有

（亦云二字）遑遑一世之屯兮萬世之光曰吾不有命兮安在夫桓魋與臧倉自古聖賢皆然兮噫子雖毀其何傷

故霸州文安縣主簿蘇君（一作趙郡蘇明允）墓誌銘

并序

有蜀君子曰蘇君諱洵字明允眉州眉山人也君之行義修於家信於鄉里聞於蜀之人（一無此二字）久矣當至和嘉祐之間與其二子軾轍偕至京師翰林學士歐陽脩得其所著書二十二篇獻諸朝書既出而公卿士大夫爭傳之其二子舉進士皆在高等亦以文

學稱於時眉山在西南數千里外一日父子隱然名動京師而蘇氏文章遂擅天下君之文博辯宏偉讀者悚然想見其人既見而温温似不能言及即之與居愈久而愈可愛間而出其所有愈叩而愈無窮嗚呼可謂純明篤實之君子也曾祖諱祐祖諱杲父諱序贈尚書職方員外郎三世皆不顯職方君三子曰澹曰渙皆以文學舉進士而君少獨不喜學年已壯猶不知書職方君縱而不問鄉閭親族皆怪之或問其故職方君笑而不荅君亦自如也年二十七始大發憤謝其素所往來少年閉戶讀書爲文辭歲餘舉

進士再不中又舉茂材異等不中退而歎曰此不足爲吾學也悉取所爲文數百篇焚之益閉戶讀書絕筆不爲文辭者五六年乃大究六經百家之說以考質古今治亂成敗聖賢窮達出處之際得其粹精（一作精粹）涵畜充溢抑而不發久之慨然曰可矣由是下筆頃刻數千言其縱橫上下出入馳驟必造於深微而後止蓋其稟也厚故發之遲志也慤故得之精自來京師一時後生學者皆尊其賢學其文以爲師法以其父子俱知名故號老蘇以別之初脩爲上其書召試紫微閣辭不至遂除試祕書省校書郎會太常修

纂建隆以來禮書乃以爲霸州文安縣主簿使食其禄與陳州項城縣一無此字令姚闢同修禮書爲太常因革禮一百卷書成方奏未報而君以疾卒實治平三年四月戊申也享年五十有八天子聞而哀之特贈光禄寺丞勑有司具舟載其喪歸于蜀君娶程氏大理寺丞文應之女生三子曰景先早卒軾今爲殿中丞直史館轍權大名府推官三女皆早卒孫曰邁曰遲有文集二十卷謚法三卷君善與人交急人患難死則卹養其孤鄉人多德之蓋晚而好易曰易之道深矣汨而不明者諸儒以附會之説亂之也去之則

聖人之旨見矣作易傳未成而卒治平四年十月壬申葬于彭山之安鎮鄉可龍里君生於遠方而學又晚成常歎曰知我者惟吾父與歐陽公也然則非余誰宜銘銘曰

蘇顯唐世實欒城人以宦留眉蕃蕃子孫自其高曾鄉里稱仁偉歟明允大發於文亦既有文而又有子其存不朽其嗣彌昌嗚呼明允可謂不亡

贈太子太傅胡公墓誌

太子少師致仕贈太子太傅胡公諱宿字武平其先豫章人也後徙常州之晉陵世有隱德爲晉陵著姓

公舉進士中天聖二年乙科爲眞州楊子尉縣大水漂溺居民令不能救公曰拯溺吾職也即率公私舟活數千人歲滿調廬州合淝主簿張丞相士遜稱其文行薦諸朝召試學士院爲館閣校勘與修北史改集賢校理通判宣州三遷太常博士判吏部南曹賜緋衣銀魚一有出字知湖州爲政有惠愛築石塘百里捍水患大興學校學者盛於東南自湖學始公丁母夫人憂去而州人思之名其塘曰胡公塘學者爲公立生祠于學中至今祠之公居喪毁瘠過禮三年不居于内服除爲三司鹽鐵判官轉尚書祠部員外郎判

度支句院知蘇州兩浙路轉運使召還脩起居注以
本官知制誥兼句當三班院已而兼判吏部流内銓
入内都知楊懷敏坐衛士夜盗入禁中驚乘輿斥出
爲和州都監懷敏用事久勢動中外未幾召復故職
公封還辭頭不草制論曰衛士之變蹤跡連懷敏得
不窮治誅死幸矣豈宜復在左右其命遂止久之拜
公翰林侍讀學士遷翰林學士兼史館修撰判館事
兼端明殿學士累遷尚書左司郎中兼知通進銀臺
司審刑院群牧使提舉在京諸司庫務醴泉宫判尚
書禮部遂判都省再知禮部貢舉奉使契丹館伴北

朝人使亦皆再而虜人嚴憚之公爲人清儉謹默内剛外和群居笑語讙譁獨正容色溫溫不動聲氣與人言必思而後對故其涖官臨事慎重不輙發發亦不可回止而其趣要歸於仁厚朝議在官年七十而不致仕者有司以時按籍舉行公以謂養廉恥厚風俗宜有漸而欲一切以吏議從事殆非所以優老勸功之意當少緩其事一作法使人得自言而全其美節朝廷嘉其言是至今行之皇祐新樂成議者多異論有詔新樂用於常祀朝會而郊廟仍用舊樂公言書稱同律而今舊樂高新樂下相去一律難並一作遂用

而新樂未施於郊廟先用之朝會非先王薦上帝配祖考之意皆不可一作不行遂近制禮部四歲一貢士議者患之請更爲間歲議已定公獨以爲不然曰使士子廢業而奔走無寧歲不如復用三歲之制也衆皆以公言爲非行之數年士子果以爲不便而卒用三歲之制仁宗久未有皇子群臣多以皇嗣爲言未省公以學士當作青辭禱嗣一作祠于山川即建言儲位久虚非所以居安而慮危願擇宗室之賢者立之以慰安天下之心語甚切至公學問該博兼通陰陽五行天人一作文災異之説南京鴻慶宫災公以謂南京

聖宋所以受命建號而大火主於商丘國家乗火德而王者也今不領於祠官而比年數災宜修火祀事下太常歲以長吏奉祠商丘自公始慶曆六年夏河北河東京東同時地震而登萊尤甚公以歲推之曰明年丁亥歲之刑德皆在北宫陰生於子而極於亥然陰猶彊而未即伏陽猶微而未即勝此所以震也是謂龍戰之會而其位在乾今西北二虜中國之陰也宜爲之備不然必有内盜起於河朔明年王則以貝州叛公又以爲登萊視京師爲東北隅乃少一作易艮陽之位也今二州並置金坑多聚民以鑿山谷陽氣

損泄故陰乘而動縣官入金歲幾何小利而大害可即禁止以寧地道皇祐五年正月會靈宫災是歲冬至祀天南郊以三聖並配明年大旱公曰五行火禮也去歲火而今又旱其應在禮此殆郊丘並配之失也即建言並配非古宜用迭配如初詔其後并州議建軍爲節鎮公以星土考之曰昔高辛氏之二子不相能也堯遷閼伯於商丘主火而商爲宋星遷實沉於臺駘主水而參爲晉星國家受命始於商丘王以火德又京師當宋之分野而并爲晉地參商仇讎之星今欲崇晉非國之利也自宋興平僭僞并最後服

太宗削之不使列於方鎮八十年矣謂宜如舊制公在翰林十年多所補益大抵不爲苟止而妄隨故其言或用或不用或後卒如其言然天子察公之忠欲大用者久矣嘉祐六年八月拜公諫議大夫樞密副使公既慎靜而當大（一作重）任尤顧惜大體而群臣方建利害多更張廢事以革弊公獨獻之曰變法古人（一作今）之難不務守祖宗成法而徒紛紛無益於治也又以謂契丹與中國通好六十餘年自古未有也善待夷狄者謹爲備而已今三邊武備多弛牧馬著虛名於籍可乘而戰者百無一二又謂滄州宜分爲一

路以禦虜此今急務也若其界上交侵小故乃城寨主吏之職朝廷宜守祖宗之約不宜爭小利而隳大信深戒邊臣生事以爲功在位六年其論議類皆如此英宗即位拜（一作遷）給事中治平三年累上表乞致仕未（一作不）允父之拜尚書吏部侍郎觀文殿學士知杭州爲政不略細故或謂大臣不宜自勞公曰此民事也吾不敢忽以是民尤愛之明年今上即位遷左丞五月公以疾告遂除太子少師致仕命未至而公以六月十一日薨于正寢享年七十有三（一作二）即以其年十一月某日葬于某州某縣某鄉之某原（一作常州）

晉陵縣萬安鄉之陸亭公之曾祖諱持累贈太傅曾祖妣歐陽氏追封晉陵郡太夫人祖諱徽累贈太師祖妣楊氏追封華陰郡太夫人余氏嘉興郡太夫人余氏丹陽郡太夫人龔氏武陵郡太夫人父諱寀累贈太師兼中書令妣沈氏追封東陽郡太夫人貝氏南陽郡太夫人李氏金城郡太夫人公累階光禄大夫勲上柱國開國安定爵公食邑二千八百户食實封四百户賜推誠保德翊戴功臣初娶吴氏追封蘭陵郡夫人再娶何氏封南康郡夫人子男五人長曰宗堯令爲都官員外郎次曰遵路早卒次曰宗質國子博士次

曰宗炎著作佐郎次曰宗厚祕書省正字早卒女四人皆適士族孫志脩太常寺太祝行脩守祕書省校書郎䈰脩試祕書省校書郎世脩德脩安脩奕脩愼脩益脩公自此一字無為進士知名于時楊文公億得其詩題于祕閣歎曰吾恨未識此人其舉進士也謝陽夏公絳薦公為第一公名以此益彰而謝公亦以此自負少嘗善一浮圖其人將死謂公曰我有祕術能化瓦石為黄金子其葬我我以此報子公曰爾之後事吾敢不勉祕術非吾欲也浮圖歎曰子之志未可量也其篤行自勵至於貴顯常如布衣時有文集四

十一有字卷銘曰
允矣胡公順外剛中惟初暨終一德之恭公之燕居
其氣溫溫擧必可法思而後言公在朝廷正色侃侃
蔚有嘉話一作謀憂深慮遠不迎利趨不畏勢叏有或
不從後必如之久一作多而愈信一作篤孰不公思侍從
之親樞機之密名望三朝清職峻秩愷悌之仁一作化
宜國黃耇七十而止孰云多壽惟善在人刻銘一作知名
不朽

居士集卷第三十四

熙寧五年秋七月男發等編定

紹熙二年三月郡人孫謙益校正

薛長孺墓銘 鄉州（一作故州）稱于（于一作於）

蘇君墓銘 志也懿（一作其志也懿）

胡公墓銘 兩浙路（一無路字）風俗（一作化）于山（一作於山）陰生於子（當作午）入金歲幾何（一作金幾何歲入）十一月其日（一作甲申）追封（一本惟曾祖祖妣用追封二字祖妣妣皆削去）

居士集卷第三十五　歐陽文忠公集三十五

墓誌三首 碣一首附

永州軍事判官鄭君墓誌銘

鄭君諱平，字某，衡州衡陽人也。少倜儻有大志，舉進士中天禧三年甲科，爲郴州軍事推官，監潭州茶場，坐茶惡免官。久之，試秘書省校書郎，知連州陽山縣，爲道州軍事推官。丁母憂，服除，調永州軍事判官，監衡州茭源銀冶，以疾去官。慶曆三年七月某日卒于家，享年五十有一。以某年某月某日葬于某所。曾祖諱某，永州祁陽令；祖諱某，江陵府建寧縣令；父諱某道州軍事判官君娶孫氏贈尚書工部侍郎冕之女子男六人絢總紀經維綬絢早卒總舉進士出身亦早卒孫七人皆幼君世仕不顯少孤而貧母夫人某氏賢母也教其三子以學皆有立君與其兄本弟章皆舉進士及第君初監茶場茶實不惡上官挾他事以罪中之君不自辯竭其貲以償解官而去無慍色及爲陽山有善政民甚愛之其既以疾廢慨然歎曰吾少力學而不幸廢以疾吾終不用於時矣安事空言哉即取其平生所爲文稾悉焚之嗚呼君之志可哀也已自三代詩書已來立言之士多矣其始無不

欲其言之傳也而散亡磨滅泯然不復見於後世者何可勝數或暫見而終没或其言雖傳而其人不爲世所貴者有矣惟君子有諸躬而不可揜者不待自言而傳也君之不欲見於空言其可謂善慮於無窮者矣其志豈不遠哉雖然君之志既不自見於言而宜有爲之著者銘所以彰善而著無窮也乃爲之銘曰

夫惟自信者不疑知命者不惑故能得失不累其心喜愠不見其色嗚呼鄭君學幾於此斯可謂之君子

端明殿學士蔡公墓誌銘

公諱襄，字君謨，興化軍仙遊人也。天聖八年舉進士甲科，爲漳州軍事判官、西京留守推官，改著作佐郎、館閣校勘。慶曆三年，以祕書丞、集賢校理知諫院，兼修起居注。是時天下無事，士大夫弛於久安。一日元昊叛，師久無功，天子慨然猒兵，思正百度以修太平。既已排群議，進退（一作用）二三大臣，又詔增置諫官四員，使拾遺補闕，所以遇之甚寵。公以材名在選中，遇事感激無所回避（一有於是二字），權倖畏斂，不敢撓法干政，而上得益與大臣圖議。明年，屢下詔書，勸農桑，興學校，革弊修廢，而天下悚然，知上之求治矣。於此之時言事之臣無日不進見而公之補益爲尤多四年以右正言直史館出知福州以便親遂爲福建路轉運使復古五塘以漑田民以爲利爲公立生祠于塘側又奏減閩人五代時丁口税之半丁父憂服除判三司鹽鐵勾院復修起居注今參知政事唐公介時爲御史以直言忤旨貶春州别駕廷臣無敢言者公獨論其忠人皆危之而上悟意解唐公得改英州遂復召用皇祐四年遷起居舍人知制誥兼判流内銓御史吕景初吴中復馬遵坐論梁丞相適罷臺職除他官公封還辭頭不草制其後屢有除授非當者必皆

封還之而上遇公益厚曰有子如此其母之賢可知命特賜冠帔以寵之至和元年遷龍圖閣直學士知開封府三年以樞密直學士知泉州徙知福州未幾復知泉州公爲政精明而世（一作於）閩人（一有尤字）知其風俗至則禮其士之賢者以勸學興善而變民之故除其甚害往時閩人（一作士）多好學而專用賦以應科舉公得先生周希孟以經術傳授學者常至數百人公爲親至學舍執經講問爲諸生率延見處士陳烈尊以師禮而陳襄鄭穆方以德行著稱鄉里公皆折節下之閩俗重凶事其奉浮圖會賓客以盡力豐侈爲

孝否則深自愧恨爲鄉里羞而姦民游手無賴子幸而貪飲食利錢財來者無限極往往至數百千人至有親亡祕不舉哭必破產辦具而後敢發喪者有力者乘其急時賤買其田宅而貧者立券舉責終身困不能償公曰弊有大於此邪即下令禁止至於巫覡主病蠱毒殺人之類皆痛斷絕之然後擇民之聰明者教以醫藥使治疾病其子弟有不率教令者條其事作五戒以教諭之久之閩人大便公既去閩人相率詣州請爲公立德政碑吏以法不許謝即退而以公善政私刻于石曰俾我民不忘公之德嘉祐五年

召拜翰林學士權三司使三司開封世稱省府爲難治而易以毁譽居者不由以遷則由以敗而敗者十常四五公居之皆有能名其治京師談笑無留事尤喜破姦一有發字隱吏不能欺至商財利則較天下盈虚出入量力以制用必使下完而上給下暨百司因習蠹弊切磨剗剔久之簿書纖悉紀綱條目皆可法七年季秋大享明堂後數月仁宗崩英宗即位數大賞賚及作永昭陵皆猝辦於縣官經費外公應煩愈閒暇若有餘而人不知勞遂拜三司使居二歲以母老求知杭州即拜端明殿學士以往三年徙南京留守

未行丁毋夫人憂明年八月某日以疾卒于家享年五十有六蔡氏之譜自晉從事中郎克以來世有顯聞其後中衰隱德不仕公年十八以農家子舉進士爲開封第一名動京師後官于閩典方州領使一路二（一作而）親尚皆無恙閩人瞻望咨嗟不榮公之貴而榮其父毋毋夫人尤有壽年九十餘飲食起居康彊如少者歲時爲壽毋子鬢髮皆皤然而命服金紫煌煌如也至今閩人之爲子者必以夫人祝其親爲父毋者必以公教其子也公於朋友重信義聞其喪則不御酒肉爲位以哭盡哀乃止嘗會飲會靈東園坐

客有射矢誤（一有中）傷人者客遽指爲公矢京師喧然事既聞上（一又有上字）以問公公即再拜媿謝終不自辯退亦未嘗以語人公爲文章清適粹美有文集若干卷工於書畫頗自惜不妄爲人書故其殘章斷藁人悉珍藏而仁宗尤愛稱之御製元舅隴西王碑文詔公書之其後命學士撰温成皇后碑文又勑公書則辭不肯書曰此待詔職也公累官至禮部侍郎既卒翰林學士王珪等十餘人列言公賢其亡可惜天子新即位未及識公而聞其名久也爲之惻然特贈吏部侍郎官其子旻爲秘書省正字孫傳（一作傳）及弟之

子均皆守將作監主簿而優以騁卹以旻尚幼命守吏助給其喪事曾祖諱顯皇不仕祖諱恭贈工部員外郎父諱琇贈刑部侍郎母夫人盧氏長安郡太君夫人葛氏永嘉郡君子男三人曰旬將作監主簿曰旬大理評事皆先公卒幼子旻也女三人一適著作佐郎謝仲規二尚幼以某年某月某日葬公於莆田縣某鄉將軍山銘曰

誰謂閩遠而多奇產産非物寶惟士之賢嶷嶷蔡公其人傑然奮躬當朝讜言正色出入左右彌縫補益一閩一作閭歸于閩有政在人食不畏蠱喪不憂貧疾者

有醫學者有師問誰使然孰不公思有高其墳有拱其木凡閭之人過者必肅

集賢院學士劉公墓誌銘

公諱敞字仲原父姓劉氏世爲吉州臨江人自其皇祖以尚書郎有聲太宗時遂爲名家其後多聞人至公而益顯公舉慶曆六年進士中甲科以大理評事通判蔡州丁外艱服除召試學士院遷太子中允直集賢院判登聞鼓院吏部南曹尚書考功於是夏英公既薨天子賜謚曰文正公曰此吾職也即上疏言謚者有司之事也且竦行不應法今百司各得守其

職而陛下侵臣官䟽凡三上天子嘉其守爲更其謚曰文莊公曰姑可以止矣權判三司開坼司又權度支判官同修起居注至和元年九月召試遷右正言知制誥官者石全彬以勞遷宮苑使領觀察使意不𢞞退而慍有言居三日正除觀察使公封還辭頭不草制其命遂止二年八月奉使契丹公素知虜山川道里虜人道自古北口回曲千餘里至栁河公問曰自松亭趨栁河甚直而近不數日可至中京何一本有古字不道彼而道此葢虜人常故迂其路欲以國地險遠誇使者且謂莫習其山川不虞公之問也相與驚顧

羞媿即吐其實曰誠如公言時順州山中有異獸如馬而食虎豹虜人不識以（一有爲字）問公曰此所謂駮也爲言其形狀聲音皆是虜人益歎服三年使還以親嫌求知揚州歲餘遷起居舍人徙知鄆州兼京東西路安撫使居數月召還糾察在京刑獄修玉牒知嘉祐四年貢舉稱爲得人是歲天子卜以孟冬祫既廷告丞相用故事率文武官加上天子尊號公上書言尊號非古也陛下自寶元之郊止群臣毋得以請迨今二十年無所加天下皆知甚盛德奈何一旦受虚名而損實美上曰我意亦謂當如此遂不允群臣請

而禮官前袷請祔郭皇后於廟自孝章以下四后在别廟者請毋合食事下議議者紛然公之議曰春秋之義不薨于寢不稱夫人而郭氏以廢薨按景祐之詔許復其號而不許其謚與祔謂宜如詔書又曰禮於袷未毁廟之主皆合食而無帝后之限且祖宗以來用之傳曰祭從先祖宜如故於是皆如公言公既驟屈廷臣之議議者已多仄目既而又論吕溱過輕而責重與臺諫異由是言事者亟攻之公知不容于時矣會永興闕守因自請行即拜翰林侍讀學士充永興軍路安撫使兼知永興軍府事長安多富人右

族豪猾難治猶習故都時（一無此字）態公方發大姓范偉事獄未具而公召由是獄屢變連年吏不能決至其事聞制取以付御史臺乃決而卒如公所發也公爲三州皆有善政在揚州奪發運使冐占雷塘田數百頃予民民至今以爲德其治鄆永興皆承旱歉所至必雨雪蝗輒飛去歲用豐稔流亡來歸令行民信盗賊禁止至路不拾遺公於學慱自六經百氏古今傳記下至天文地理卜醫數術浮圖老莊之説無所不通其爲文章尤敏贍嘗直紫微閣一日追封皇子公主九人公方將下直爲之立馬却坐一揮九制數千

言文辭典雅各得其體公知制誥七年當以次遷翰林學士者數矣久而不遷及居永興歲餘遂以疾聞人年八月召還判三班院太常寺公在朝廷遇事多所建明如古渭州可棄孟陽河不可開樞密使狄青宜罷以保全之之類皆其語在士大夫間者若其規切人主直言逆耳至於從容進見開導聰明賢否人物其事不聞于外廷者其補益尤多故雖不合於世而特被人主之知方嘉祐中嫉者衆而攻之急其雖危而得無害者仁宗深察其忠也及侍英宗講讀不專章句解詁而指事據經因以諷諫每見聽納故尤

奇其材已而復得驚眩疾告滿百日求便郡上曰如劉某者豈易得也復賜以告上每宴見諸學士時時問公少間否賜以新橙五十勞其良苦疾久之稍少間復求外補上悵然許之出知衛州未行徙汝州治平三年召還以疾不能朝改集賢院學士判南京留司御史臺熙寧元年四月八日卒于官舍享年五十嗚呼以先帝之知公使其不病其所以用之者豈一翰林學士而止哉方公以論事忤於時也又有構爲謗語以怒時相者及歸自雍丞相韓公方欲還公學士未及而公病遂止於此豈非其命也夫公累官至給

事中階朝散大夫勳上輕車都尉開國彭城爵公邑户二千一百實食者三百曾祖諱璵贈大理評事祖諱式尚書工部員外郎贈户部尚書考諱立之尚書主客郎中贈工禮一作部尚書公再娶論氏皆侍御史程之女前夫人先公早卒後夫人以公貴累封河南郡君子男四人長定國郊社掌座早卒次奉世大理寺丞次當時大理評事次安上太常寺太祝女三人長適大理評事韓宗直二尚幼公既卒天子推恩録其兩孫望旦一族子安世皆試將作監主簿公爲人磊落明白推誠自信不爲防慮至其屢見侵害皆置

而不較，亦不介于胷中。居家不問有無，喜賙宗族。旣卒，家無餘財。與其弟放友愛尤篤。有文集六十卷，其爲春秋之説曰傳、曰權衡、曰説例、曰文權（一無三字）、曰意林，合四十一（一無此字）卷，又有七經小傳五卷、弟子記五卷，而七經小傳今盛行於學者。二年十月辛酉，其弟放與其子奉世等葬公於某所（一作葬公祥符縣魏陵鄉栩于先墓），以來請銘，乃爲之銘曰：

嗚呼維仲原父，學彊而博，識敏而明，坦其無疑，一以誠見，利如畏，義必爭，觸機蹈險，危不傾，畜大不施，奪其齡，惟其文章粲日星，雖欲有毁知莫能，維古聖賢

皆後亨有如不信考斯銘

零陵縣令贈尚書都官員外郎吴君墓碣銘

并序

君諱舉字太冲姓吴氏興國軍永興人也曾祖諱瑗祖諱章父諱思迴五代之際自江以南爲南唐吴氏亦徹不顯君當李煜時以明經爲彭澤主簿太祖皇帝召煜來朝煜不奉詔遣曹彬討之前鋒兵破池陽遣使招降郡縣使者至彭澤其令欲以城降君以大義責之且曰吾能爲李氏死爾乃共殺使者爲煜守煜已降君爲游兵執送軍中主將責以殺使者君曰

固當如是爾主將義而釋之當是時嘗仕煜者皆隨
煜至京師得復補吏君獨棄去不顧太平興國二年
詔求李氏時故吏所在敦遣君始至京師以爲鄆州
平陰主簿歷益州成都令陜州録事条軍襄州之宜
城洋州之眞符福州之連江楚州之鹽城耀州之同
官最後爲零陵令以祥符九年八月二十六日道卒
于揚州享年七十有六夫人伏氏能讀書史有賢行
後君十有四年以卒享年八十有二子男二人長曰
晛早卒次曰中復今爲起居舍人以景祐三年十有
一月甲子合葬君夫人于南康軍都昌縣之長城君

學春秋通三傳其臨大節知所守當五代時僭竊分裂喪君亡國不勝數士之不得守其節與不能守者世皆習而不怪君於此時獨區區志不忘李氏其義有足動人然而亦無爲君道者考君之出處自重不妄宜其世莫之知而潛德晦善顯於後世克有賢子爲時名臣君以子恩累贈尚書都官員外郎考於令品又得碣于其墓以昭令德而示子孫於是史官廬陵歐陽脩曰此余職也乃爲之辭曰

世逢乱兮廉耻道缺中國五禮兮九州分裂朝存夕亡兮士莫守節眛者習安兮懦夫志奪偉哉吳君兮

凛矣其烈世莫我知兮不妄自伐有韞必昭兮後世而發嗚呼吴君兮寓銘斯碣

居士集卷第三十五

熙寧五年秋七月男發等編定

紹熙二年三月郡人孫謙益校正

鄭君墓銘 天禧三一作二年

劉公墓銘 得也一作也耶定國一作充國

吴君墓碣 不勝數一作不可勝數然而此下一有人字

居士集卷第三十六　　歐陽文忠公集三十六

墓誌七首 碣一首附

南陽縣君謝氏墓誌銘

慶曆四年秋，予友宛陵梅聖俞來自吳興，出其哭内之詩而悲曰：吾妻謝氏亡矣，丐我以銘而葬焉。予一有諾之二字未暇作。居一歲中，書七八至，未嘗不以謝氏銘爲言。且曰：吾妻故太子賓客諱濤之女，希深之妹也。希深父子爲時聞人而世顯榮，謝氏生於盛族，年二十以歸吾，凡十七一作八年而卒。卒之夕，斂以嫁時之衣，甚矣吾貧可知也。然謝氏怡然處之一作之怡然處，治其家有常法其飲食器皿雖不及（一作至）豐侈而必精以肯其衣無故新而澣濯縫紉必潔以完所至官舍雖庳陋而庭宇灑掃必肅以嚴其平居語言容止必怡（怡一作從容）以和吾窮於世久矣（一有不惟信於聖人以自守九字）其出而幸與賢士大夫遊而樂入則見吾妻之怡怡而忘其憂使吾不以富貴貧賤累其心者抑吾妻之助也吾嘗與士大夫語謝氏多從戶屏竊聽之間則盡能商搉其人才能賢否及時事之得失皆有條理吾官吳興或自外醉而歸必問曰今日孰與飲而樂乎聞其賢者也則悅否則歎曰君所交皆一時賢雋豈其

屈己下之耶惟以道德（一作得）焉故合者尤寡（一無此十七字）今與是人飲而歡邪是歲南方旱仰見飛蝗而歎曰今西兵未解天下重困盜賊暴起於江淮而天旱且蝗如此我為婦人死而得君葬我幸矣其所以能安居貧而不困者其性識明而知道理多此類（一作類此）嗚呼其生也迫吾之貧而沒也又無以厚焉謂惟文字可以著其不朽且其平生尤知文章為可貴歿而得此庶幾以慰其魂且塞予悲此吾所以請銘於子之勤也若此予忍不銘夫人享年三十七用夫恩封南陽縣君二男一女以其年七月七日卒于高郵梅氏

世葬宛陵以貧不能歸也某年某月某日葬于潤州之某縣某原銘曰

高崖一作岸斷谷兮京口之原山蒼水深兮土厚而堅居之可樂兮卜者曰然骨肉雖一作歸土兮魂氣則一作升天何必故鄉兮然後爲安

萬壽縣君徐氏墓誌銘并序

河東都轉運使天章閣待制施君卜以慶曆五年三月某日葬其夫人萬壽縣君于蘇州吳縣三讓鄉之陸公原以來請銘夫人姓徐氏世家通州之靜海七歲喪其母哀不自勝泣曰毋女所恃以生者也無母

其後能生，因欲投水火。一無火字。其父兄力止之。既長，事其繼母，則以孝聞。年若干，歸于施氏。逮事其姑，紉縫烹飪，必以身；蚕暮寒暑飲食，必以時。姑亡，哀毀得疾，逾年而後能起。生五男一女。男曰邈，舉進士，某官，知開封府太康縣；曰述，曰造，皆將作監主簿；曰迥，曰遜，尚幼。女曰錦娘。慶曆三年十一月甲子，以疾卒于河東之官舍，享年四十有三。夫人之生也，事其繼母及姑，皆稱曰孝；及其歿也，其夫之稱曰：吾妻助我而賢；其子之幼者曰：吾母慈我；其長者之稱曰：吾母不以愛怠殆一作我，而所以成人，助我使我至於有立。凡施氏外内婚姻宗族之稱者曰夫人遇我有禮而仁至于妾媵左右之稱者亦曰夫人於我仁而均嗚呼夫人之行至矣其勤而有法其施之各有宜可謂賢也已若夫男子見于外其善惡功過可舉而書至於婦德主内自非死節徇難非常之事則其幽閒淑女之行孰得顯然列而詩之以示後惟視其所稱與其所思則其賢可知矣施君名昌言（一無此三字有以明識敏行守正敢言達於當世其稱曰助我則夫人之賢又從可知矣二十八字）夫人曾祖諱某祖諱某父諱某以尚書都官員外郎致仕夫生而其善可稱未若没而遺思之深也悲夫銘曰

於惟夫人東海之華始來施氏有此室家爲婦爲母勤孝勞劬有女昔褓今婉其孫子綏煌煌弟長相趨夫爵之高榮及親踈厥家已成而獨不居千里之遠歸魂東吳銘以哀之已矣嗚呼

長沙縣君胡氏墓誌銘 并序

故太子中舍張君諱某之夫人曰（一無此字）長沙縣（一有太字）君（一有曰字）胡氏胡氏世爲某（一作世鄉某縣）某人父諱震官至刺史夫人年二十七以歸中舍君君時爲融州司理叅軍歷潭州寧鄉縣尉鳳州兩當福州寧德二（一作兩）縣令以卒夫人之爲婦也以勤儉恭肅主張氏之祭

饋而睦其内外之宗姻生子（一無此字）男二人女一人男曰大年大有皆舉進士（一無此四字）大年今爲鄭州原武縣令大有秘書丞女適邵陽縣令錢奕夫人之爲母也以禮義慈嚴教育其子故其（一無此字）男也有立而克嗣其世女也適於人而宜人之家爲婦爲母之道無不備而成其夫之家享其子之禄以某年某月某日以疾卒享年七十有五又用其子之恩追封長沙縣（一有太字）君嗚呼（一有夫人二字）可謂榮矣中舍君先以（一無此二字）某年某月日卒葬于某州某縣某鄉夫人（一無此二字）以某年某月某日（一有奉夫人之喪）合葬于中舍君之墓銘曰

婦德之備功施也（一作于）内銘昭其幽以法後世

長壽縣太君李氏墓誌銘

太中大夫尚書屯田郎中上柱國王公諱利之夫人曰李氏李氏世家湖南其父諱昭文官至國子博士贈工部侍郎夫人年二十二歸于王氏用夫封隆平縣君後以其子徙封長壽縣太君夫人爲李氏女事後母以孝聞及爲王氏婦（一有以事父母者五字）逮（一無此字）事其舅姑其舅姑嘗稱夫人以誡諸婦曰事我者當如此又以誡其諸女曰爲人婦者當如此其爲母也有三男二女及其老也鼎爲職方員外郎震太子中舍復

太常博士三子者皆有才行而復尤好古有文聞于當世女皆有歸孫男六人曰夷仲曰虞仲曰于仲曰南仲曰武仲曰延仲女五人一亦歸人矣餘尚幼夫人享年八十有六以慶曆七年七月十日終于京兆子復之官舍用明年二月十七日合葬于河南洛陽大樊原王公之墓夫人於王氏積行累功其德備矣不可以徧書一作夫人之德可謂備矣書其舅姑之所嘗稱者以見其爲婦之道書其子之賢而有立以見其爲母之方書其子孫之衆壽考之隆以見其勤于其家至于有成而終享其福之厚嗚呼於夫人無不足矣而其

子君孫皆曰未也謂必有以示永久而不没一有者字庻幾以慰無窮之哀乃來請銘以葬其子之友廬陵歐陽脩爲之銘曰

家成于勤德隆以壽歸安其藏以昌厥後

廣平郡太君張氏墓誌銘并序

故右諫議大夫集賢院學士贈禮部尚書號略楊公之夫人曰廣平郡太君張氏其先青州人後徙爲開封人也楊公諱大雅以文行知名於時號有清節夫人佐公以勤儉治其家教子弟和宗族皆有法公以明道元年四月某日薨後二十有四年至和二年六

月其日夫人以疾卒于高郵以嘉祐元年十二月某日葬于杭州錢塘縣履泰鄉湖西村靈隱山祖塋之西夫人曾祖嗣當五代之亂不顯祖平舉三禮太宗皇帝爲晉王署押衙爲人剛果有智謀以此尤見親信官至三司鹽鐵使父從古莊宅副使景德中以殿直從李繼隆軍擊契丹繼隆戰敗從古入見陳繼隆所以敗之狀其言甚辯稱旨會宜州蠻叛乃以從古爲供奉官守宜州從古招降叛蠻秩滿罷去以内殿崇班馮勵代之蠻復叛攻宜州斬勵而去告邊吏曰得張侯守宜州我則聽命即復遣從古守宜州凡

七年蠻無事徙知澧州而宜州人陳進叉攻嶺南驛召從古以爲廵撫副使與賊戰象州斬首萬餘級已破進留宜州以疾卒宜人爲立廟于州北韓婆嶺慶曆中蠻賊區希範攻宜桂轉運使杜杞禱兵于廟下更其名曰制勝嶺至今宜人祠之蓋楊氏自漢以來世有令譽迨公千餘歲常有顯人而張氏威烈信于一方楊氏以德張氏以功合二族之美而夫人爲淑女爲賢婦毋享年六十以壽終公先娶漳南縣君張氏生子二人曰洎虞部員外郎曰濬殿中丞女三人長適國子博士袁成師次大理寺丞李嚴次殿中丞

温嗣良。夫人生子男四人，曰泳，大理寺丞；曰漸，奉禮郎；曰沆，太子中舍；曰渢，衛尉寺丞。有女一人，歸于循，女之適李氏者，今封武原縣太君。餘女及濬、泳、漸，皆先夫人而亡。孫男十四人。嗚呼！惟德與功與賢法皆宜銘。銘曰：

有邑清河，遂開其邦。又徙南陽，皆以夫榮。後用子封京兆、廣平，宜其夫子。有淑其聲，子孫之思。考德有銘。

渤海縣太君高氏墓碣

故尚書兵部員外郎、知制誥、知鄧州軍州事陽夏公之夫人，姓高氏，宣州宣城人也。父諱惠連，官至兵部郎中母曰廣陵縣君向氏陽夏公諱絳娶謝氏夫人有子曰景初景温景平景回女一早卒次適上虞縣令王存次適大理寺丞李處厚次君于人未嫁寶元二年陽夏公卒于鄧州以其年八月某日葬于某所後若干年夫人隨其子某官于某州以某年某月某日卒于官舍遂以其年某月某日合葬于公之墓夫人初以夫封文安縣君後以其子封渤海縣太君謝氏世爲名族而陽夏公尤顯聞於時初公與予俱官于洛陽而公之父太子賓客諱濤尚無恙其子景初景温方爲童兒景平始生二三女子皆幼予日至其

家進拜賓客見其鬢髮垂白衣冠肅潔貌𦫵而氣清壽考君子也退而與陽夏公遊見其年壯志盛偉然方爲一時名臣而諸兒女子戲嬉罇席之間者皆穎發而秀好於是時夫人以孝力事其舅爲賢婦以柔順事其夫爲賢妻以恭儉均一教育其子爲賢母後二三年賓客䰟于京師又五六年陽夏公卒于鄧又十餘年景初景温景平皆以進士及第景初爲某官景温某官景平某官夫人於其舅與夫爲婦之禮備於其子立家之道成享年若干以卒嗚呼予始銘賓客又銘陽夏公今又書夫人之事于碣殆見謝氏更

一世失其爲之書也宜得其詳

北海郡君王氏墓誌銘

太常丞致仕吴君之夫人曰北海郡君王氏濰州北海人也皇考二字一作父諱汀舉明經不中後爲本州助教夫人年二十三歸于吴氏天聖元年六月二日以疾卒享年三十有七夫人爲人孝順儉勤自其幼時凡於女事其保傅皆曰教而不勞組紃織紝其諸女皆曰巧莫可及其歸於吴氏也其母曰自吾女適人吾之内事無所助而吴氏之姑曰自吾得此婦吾之内事不失時及其卒也太常君曰舉吾里中有賢女

者莫如王氏於是娶其女弟以爲繼室而今夫人戒其家曰凡吾吳氏之內事惟吾女兄之法是守至今而不敢失夫人有賢子曰奎字長文初舉明經爲殿中丞後舉賢良方正直言極諫（一有對策二字）今爲翰林學士尚書兵部員外郎知制誥夫人初用子恩追封福壽（一作昌）縣君其後長文貴顯以夫人爲請天子曰近臣吾所寵也有請其可不從乃特追封夫人爲北海郡君長文號泣頓首曰臣奎不幸竊享厚祿不得及其母而天子寵臣以此俾以報其親（一有雖然二字）臣奎其何以報當是時朝廷之士大夫吳氏之鄉黨鄰里皆

咨嗟歎息曰吳氏有子矣嘉祐四年冬長文請告于朝將以明年正月丁酉葬夫人于鄆州之魚山（一有以書來乞五字）銘夫人生三男曰奎奄胄令夫人生一男曰參女三人孫男女九人曾孫女二人銘曰

奎顯矣奄早亡胄與參仕方強以一子榮一鄉生雖不及歿有光孫曾多（一作已）有後愈昌

長安郡太君盧氏墓誌銘

長安郡太君盧氏尚書刑部侍郎蔡公諱琇之夫人端明殿學士尚書禮部侍郎襄之母也以治平三年十月某日卒於杭州之官舍享年九十有二嗚呼可

以爲壽矣夫壽者洪範所謂五福也福者百順之名也故離之雖爲五必合而不闕其一然後爲福之備也蓋五者其一在人曰德而其四在天必有其一於已然後能致其四而有諸己者或厚或薄故其所致亦有備有不備焉夫老而貧且病者是人之所哀非福也壽且富康而無德以將之謂之賊與不仁非福也三者具而又有德而死非其命者謂之不幸非福也故曰必不闕其一然後爲福之備者惟夫人有之夫人在父母家奉其親以孝其歸于蔡氏也其舅姑老事之如其親其歸寧於父母也能使其舅姑不見

三日必涕泣而思其事長慈幼既儉且勤久而宗族和鄉黨化其亡也廬自餘杭至里閈親戚哭之往往有過乎哀者聞之皆曰夫人於我有德而人人各有述焉嗚呼可謂賢也已夫人生四子其三皆早卒而端明君第二子也獨顯赫爲時名臣自爲諫官知制誥翰林學士知開封府三司使閩出知泉福二州福建路轉運使出入清要光華寵榮以爲其親之養而天人享此者蓋三十有六年端明君已顯貴天子嘉之曰有子如此其毋之賢可知於是有冠帔之錫夫人平生少疾病雖老而耳目聰明食生飲寒如壯者

晚從端明君于杭州極東南富麗海陸之珎竒以爲娯樂之奉而奄然以其壽終其於五福可謂不闕一矣万夫人之盛時凡爲人子者舉觴壽其親莫不以夫人爲祝而不幸榮不及養者必仰天怨吁謂薄厚不均以不得如夫人爲恨蓋不知夫有諸已者厚故能致其福之備也夫人泉州惠安人也曽祖諱某祖諱某父諱某皆不仕其三子早卒者曰丕不及仕曰高太康縣主簿曰奭福州司戶參軍女二人皆適士族孫六人曽孫三十餘人嗚呼盛矣蔡氏之後其文將大興乎銘者所以昭德而示後也於是端明君之

友人廬陵歐陽脩爲之銘曰

維治平四年十有一月某日孤子襄祔其母夫人盧氏于先君之墓其縣仙遊其里慈孝其岡半井其岡其安其千萬年之永

居士集卷第三十六

熙寧五年秋七月男發等編定

紹熙二年三月郡人孫謙益校正

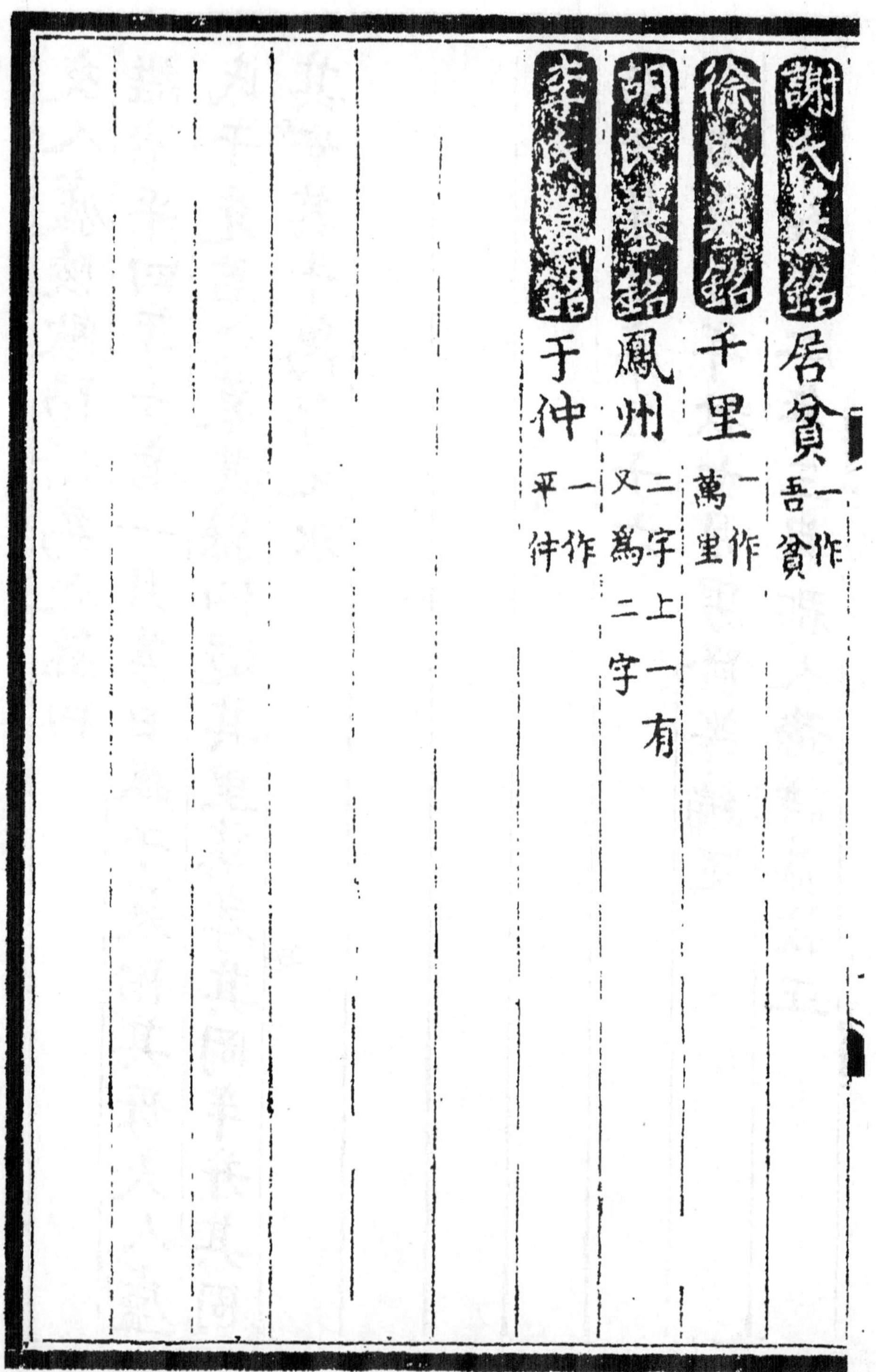

謝氏墓銘　居貧一作吾貧

徐氏墓銘　千里一作萬里

胡氏墓銘　鳳州二字上一有又爲二字

李氏墓銘　于仲一作平仲

墓誌一十七首 宗室

皇從姪衛州防禦使遂國公墓誌銘

惟遂昭裕公宗顔，字希聖，太宗皇帝之曾孫，潞恭憲王元佐之孫，鎮江軍節度使兼侍中郇國公允成之長子。初除西頭供奉官，歷内殿崇班、禮賓崇儀副使、六宅使，改左屯衛大將軍、封州刺史，遷左金吾衛大將軍、領復州團練使，左衛大將軍、領郢州防禦使，拜衛州防禦使。公好學，通王氏易，喜爲詩，藏書數萬卷，性聰敏多能，至於琴奕之藝，佛老之説，所學必通，經

行修謹未嘗有過失每燕見侍上讀易賦詩數賜器
幣詔書褒美嘗召宴太清樓賦粿玉詩爲諸皇子第
一上尤嘉賞賜繒綵二百段有詩集十卷至和二年
九月壬戌以疾薨享年四十有八初其疾也上遣中
貴人押國醫治之既薨輟視朝一日勑有司具駕將
視其喪以雨不克遣中貴人厚加賻卹乃贈昭信軍
節度使太常考行謚曰昭裕權厝于東法濟寺夫人
太原郡君郭氏燕王從義之裔孫子男三人長曰仲
連右千牛衛將軍次曰仲丹仲鎬皆太子右内率府
副率早卒女四人長適左侍禁潘若旦今亡次適内

殿承制閤門祗候郭士選次其一作二亦一有字亡以嘉祐五年十月乙酉葬于河南永安縣銘曰

學而通行益修中充實外譽優見於言帝所褒雖不克施於事斯可以銘諸幽

皇從姪籌州團練使安陸侯墓誌銘

安陸侯宗訥字行敏太宗皇帝之曾孫潞恭憲王元佐之孫鎮江軍節度使兼侍中郇國公允成之第二子初除西頭供奉官歷内殿崇班承制改右千牛衛將軍領茂州刺史天子祀明堂推恩遷領籌州團練使至和元年八月癸卯以疾卒享年四十有六天子

哀卹贈安州觀察使追封安陸侯權厝於薦嚴佛寺嘉祐五年十月乙酉葬於河南永安縣夫人長樂郡君賈氏子男五人其二早卒次仲緘右千牛衛將軍二人尚幼未名女八人長適右侍禁蔚世庸再適右侍禁郭昭簡今亡次適左班殿直劉起次適陳敦今亡次適王整次適董昭遜次適張經今亡次適程翼皆右班殿直最幼入太和宫爲道士惟侯學知爲詩好義喜施性端謹能修容止進退有法未嘗少懈銘曰

思無邪容則莊蔚然有儀人所望學而不止久愈彰

銘昭厥美示不忘

皇從姪右領軍衛大將軍博平侯墓誌銘

惟太祖皇帝之長子曰吴懿王之曾孫右屯衛大將軍昌州團練使贈彰化軍節度使舒國公惟忠之孫萊州防禦使東萊侯從恪之第二子金紫光禄大夫檢校國子祭酒右領軍衛大將軍兼御史大夫輕車都尉天水郡開國侯世融字仲源幼好學不驕富貴以清節自勵尊重師友執經問道無倦色嘗自銘其器物起居寢食視之喜爲詩工書亦通浮屠説平居一室蕭然終日無所營欲世咸知其賢初爲殿直歷

左右侍禁改太子右衛率府率遷右領軍衛將軍天子祀明堂推恩爲本衛大將軍當賚元康定間趙元昊叛西邊用兵侯率宗室七人詣闕自言願效用上深嘉獎至和二年七月癸未得疾神色怡然與諸昆弟談論不輟是日卒享年四十贈博州防禦使追封博平侯天子悲思不已爲飛白字六曰世融好學忠孝以褒之夫人金城縣君王氏子男七人五早亡在者二人曰令晏右千牛衛將軍令箴太子右監門率府率女二人長適右班殿直王戩次早卒以嘉祐五年十月乙酉葬于某所銘曰

富貴不動其心生死不渝其色惟性之安惟學之力
孰云不壽永昭厥德

皇從姪康州刺史高密侯墓誌銘

惟高密侯宗師字靖之太宗皇帝之曾孫潤恭靖王元份之孫濮王允讓之第七子明道元年爲右侍禁遷左侍禁改太子左清道率府副率累遷金紫光祿大夫檢校國子祭酒行太子左清道率府率兼侍御史騎都尉封天水縣開國男食邑三百戶居三歲遷右監門衛將軍兼御史大夫轉勳上騎都尉進爵子加食邑三百戶天子祀明堂推恩遷右領軍衛大

將軍轉勳輕車都尉進爵伯加食邑三百户天子有事于南郊推恩轉勳上輕車都尉進爵侯加户四百至和元年五月領康州刺史嘉祐元年十月甲子暴疾薨于家享年二十有九贈密州觀察使追封高密侯惟侯沈静寡言寬仁好學未嘗有過失夫人濮陽郡君吴氏生男一人仲廩太子右内率府副率女三人尚幼以嘉祐五年十月乙酉葬于河南永安縣銘曰

好仁而静敏學而明雖不永年而垂令名卜安于此其固其寧

皇從姪右監門衛將軍廣平侯墓誌銘

廣平侯宗沔字上善太宗皇帝之曾孫潤恭靖王元份之孫濮王允讓之第二十子初授銀青光祿大夫檢校國子祭酒行太子左監門率府率兼監察御史武騎尉遷太子左清道率府率兼侍御史轉勳上騎都尉天子祀明堂推恩遷左監門衛將軍轉勳輕車都尉天子有事于南郊推恩轉上輕車（一有都尉二字）天水縣開國男食邑三百户明年二月甲辰以疾卒享年二十贈洺州防禦使追封廣平侯權厝于承天佛寺惟侯爲人明敏好學能爲文辭娶高氏封仁壽縣君

子男二人仲足仲胥皆太子右内率府副率早卒以嘉祐五年十月乙酉葬于河南永安縣銘曰

性之明學有方壽不隆永以藏

皇從姪右監門衛將軍墓誌銘

太祖皇帝之長子曰吳懿王德昭之曾孫彰化軍節度使舒國公惟忠之孫萊州防禦使東萊侯從恪之子曰右監門衛將軍贈右武衛大將軍世衡字夏卿母曰平原郡夫人來氏世衡生早孤而平原夫人敎之以學性沈敏自爲童兒不好弄既長好學問通周易孟子喜爲詩暇則學射法而已在諸昆弟爲最幼

而尤以孝悌見稱初補殿直改太子右衛副率天子祀明堂推恩拜右監門衛將軍累遷至金紫光祿大夫檢校國子祭酒兼御史大夫柱國天水縣開國伯食邑九百户嘉祐四年六月丙寅以疾卒享年三十有一娶王氏太原縣君子男二人令展令持皆率府副率早卒女一人尚幼嘉祐五年十月乙酉葬于河南永安縣銘曰

學問以爲文孝悌以爲本其華已榮而實斯殞銘以藏之以昭其蘊

皇從孫右屯衛大將軍武當侯墓誌銘

惟武當侯世宣吴懿王德昭之曾孫彰國軍節度使
舒國公惟忠之孫武勝軍節度觀察留後韓國公從
藹之子母曰太寧郡君慕容氏惟侯生於富貴而不
習爲驕侈少好學喜購古書奇字遇人卑恭事親孝
悌累官至左題目作右屯衛大將軍嘉祐三年五月己卯
以疾卒享年三十有六初娶天水縣君王氏再娶金
城縣君張氏子男六人長曰令鐸左千牛衛將軍次
曰令進令禱令㥕皆太子右内率府副率其二幼未
名以嘉祐五年十月乙酉葬于河南永安縣以天水
縣君祔焉銘曰

孝行之本，謙德之恭。壽胡不隆，閟此幽宫。

安陸侯夫人長樂郡君賈氏墓誌銘

夫人姓賈氏，曾祖廷瓌，累贈左神武大將軍；祖官至四方館使、昭州團練使；父德滋，前左班殿直。夫人以選歸于安陸侯宗訥，至和元年五月乙卯以疾卒，享年三十有六，權厝于薦嚴佛寺。以嘉祐五年十月乙酉祔安陸侯以葬。銘曰：

配德惟諧，卜藏斯吉。其固其安，于此室。

雍國太夫人馮氏墓誌銘

雍國太夫人馮氏者，皇兄右千牛衛大將軍、贈永清軍節度觀察留後臨汝侯惟和之夫人襄州觀察使襄陽侯從誨寧國軍節度觀察留後宣城公從審之母曾祖暉靜難軍節度使衛王祖繼業定國軍節度使贈中書令父訥西上閤門使馮氏自衛王仍世守西邊有功載國史夫人生將家孝謹柔明動不踰禮以世族選爲臨汝侯（諸本有公字）之配居十有二年而臨汝侯卒夫人居喪哀毀真宗嘉其行特封譚國夫人以褒寵之夫人益自勵衣服飲食務爲儉薄居處嚴潔未嘗下堂雖家人亦罕得見喜誦浮屠書皇祐五年正月癸亥以疾卒享年六十有七追封雍國太

夫人子男二人從誨從審也女五人長適東頭供奉官宋宗顔次早亡次以疾廢爲比丘尼次適供備庫使姚宗望次適西頭供奉官宋從政孫男十一人世逑世儀皆大將軍世英世堅世及世開世卿世肱皆衛將軍世褘世總世仍皆太子率府率重孫九人令駔令晃晃一作皆率府率令戈令甲令續纘一作令課令浮令收令僉皆副率以嘉祐五年十月乙酉合葬于

臨汝侯之墓銘曰

世高勲選賢配進國爵褒行謚加大名由子貴壽考

隆銘下墜

東萊侯夫人平原郡夫人米氏墓誌銘

皇從姪故萊州防禦使東萊侯從恪之夫人曰平原郡夫人米氏贈太子太師承德之曾孫横海軍節度使信之孫內殿崇班閤門祗候繼豐之女夫人年十七選配東萊侯累封平陽郡君子男六人長曰世安贈左右一作驍衛大將軍次曰世融贈博州防禦使追封博平侯次曰世昌右屯衛大將軍次曰世規右監門衛將軍次曰世猷太子右監門率府率早亡次曰世衡贈左武衛大將軍女三人長適左侍禁劉希正次適內殿承制王說次適右侍禁陳宗誨孫男十二

人皆諸衛將軍夫人將家子有賢行東萊之亡諸孤尚幼夫人治家訓子皆有法皇祐元年二月癸酉以疾卒享年五十有一追封平原郡夫人權厝于奉先佛寺以嘉祐五年十月乙酉合葬于東萊侯之墓銘曰

門以勲高配以賢求撫孤教善内德以優永揚其懿以閟諸幽

韓國公夫人太寧郡君慕容氏墓誌銘

夫人姓慕容氏贈太保章之曾孫贈中書令河南郡王延釗之孫太子率府率德正之女河南王有功於

國爲時名臣夫人以賢女選爲韓國公從藹之配韓公彰化軍節度使舒公之子事其親以孝而夫人承其夫以順事其舅姑以禮下其妾媵以仁撫其子無嫡庶以均故其内外宗姻莫不稱其能封太寧郡君至和元年正月戊寅以疾卒享年五十有六子男十人長曰世豐贈右驍衛大將軍次曰世宣贈均州防禦使次曰世準世雄世本世綱皆諸衛將軍次曰世岳世岆世庸一作膺皆太子率府副率女三人長適高允懷次適張承訓次適鄭偃皆右侍禁餘皆幼以嘉祐五年十月乙酉舉夫人之喪合葬于韓公之墓銘

曰

承夫以順爲婦以勤逮下以恩愛子以均以咸厥家

以播其芬

右監門衛將軍夫人李氏墓誌銘

惟右監門衛將軍世堅之配曰李氏天雄軍節度使

同中書門下平章事兼侍中贈中書令隴西郡王繼

勳之曾孫崇儀副使守徽之孫東頭供奉官舜舉之

女惟李氏世爲將家功在國史餘烈遺德是生賢女

夫人年十有五以選配世堅惟孝與順以事其親以

佐其夫惟禮與義以正其躬以全其節歸于世堅也

凡若干年而世堅卒無子夫人自誓不嫁宗族敦迫

其守益堅凡七年當皇祐五年六月庚辰以疾卒于

寢享年二十有三以嘉祐五年十月乙酉合葬于世

堅之墓銘曰

婦德之休惟先順柔及其大節有不可奪刻銘幽陰

以永芳烈

右監門衛將軍夫人金堂縣君錢氏墓誌銘

夫人姓錢氏餘杭人也曾祖吴越忠懿王俶祖衛州

防禦使惟渲父文思副使象輿錢氏自五代以來尊

中國效臣順世稱其忠子孫蕃昌至今不衰夫人生

於盛族孝謹勤儉性巧慧善字書年十有四以選爲
右監門衛將軍世準之配封金堂縣君嘉祐二年九
月庚子以疾卒享年二十有八子男二人令貜令烜
皆太子右内率府副率早亡女三人皆尚幼以嘉祐
五年十月乙酉葬于永安之原銘曰
生宜其室殁安其藏銘昭其昧以永不忘

右監門衛將軍夫人武昌縣君郭氏墓誌銘并序

夫人姓郭氏曾祖㧾右千牛衛將軍祖遵式洛苑使
父昭晦一作誨左侍禁夫人聰明孝謹能讀書史善書

晝喜浮圖之說以選歸于皇從孫右監門衛將軍世章封武昌縣君子男四人長曰令辟太子右内率府副率餘皆幼未賜名夫人以嘉祐二年十一月丁亥以疾卒享年三十有三權厝于奉先佛寺以嘉祐五年十月乙酉葬于永安之原銘曰

行之修學以明德施於内銘告諸冥

右監門衛將軍夫人東陽縣君鄭氏墓誌銘

夫人姓鄭氏曾祖誠贈定國軍節度使祖崇勳贈左屯衛將軍父從範内殿崇班夫人以選歸于皇從孫右監門衛將軍世智封東陽縣君生子男三人長曰

令唐太子右内率府副率早卒次未名卒次令祈太子右内率府副率夫人爲人孝謹節儉喜誦浮圖書至和元年八月戊戌以疾卒享年十有九以嘉祐五年十月乙酉葬于永安之原銘曰

儉以行其躬孝以事其親以是貽其子孫

右屯衛將軍夫人永安縣君慕容氏墓誌銘

永安縣君慕容氏者皇從孫贈右屯衛大將軍仲謇之配也曾祖隱贈左千牛衛大將軍祖興虢州團練使父守恩左班殿直年十七選爲屯衛之配有子二人長曰士潔太子右監門衛率府率早卒次士彠太

子右内率府副率女一人尚幼夫人以嘉祐三年三月丙戌以疾卒享年二十有五嘉祐五年十月乙酉合葬于仲謇之墓銘曰

選以賢配封以夫貴歿而從之安此位

右監門衛將軍夫人周氏墓誌銘并序

皇從孫右監門衛將軍世哲之夫人曰永安縣君周氏曾祖景左領軍衛上將軍累贈尚書令祖瑩天平軍節度使宣徽南院使父普西染院使夫人以慶曆五年選爲監門之配勤孝柔仁克有婦道生一男曰太子右内率府率令儇女三人皆幼夫人以嘉祐二

年二月庚午以疾卒享年二十有九五年十月乙酉葬于河南永安之原銘曰

山川既佳日月惟吉惟永其安其藏其密

居士集卷第三十七

熙寧五年秋七月男發等編定

紹熙二年三月郡人孫謙益校正

皇從姪遂國公墓銘　諸皇子疑

賈氏墓銘　祖官至闕其名

慕容氏墓銘子男十人今止書九人世世庸注一作世膺恐在十人之數

國朝故事宗室宗婦初亡皆權攢京城之僧寺遇葬尊屬乃啓殯從行嘉祐五年十月三十日葬皇兄濮安懿王以向傳式爲護葬使於是分命近屬宗懿隨護三祖下宗室宗婦同時祔于西京及汝州路例差翰林學士分撰誌銘此卷合附内制集今從其舊不敢易

居士集卷第三十八　　歐陽文忠公集三十八

行狀二首

尚書戶部侍郎贈兵部尚書蔡公行狀

公諱齊字子思其先洛陽人皇祖以下始著籍於膠東公幼依外舅劉氏能自力爲學初作詩已有動人語令相國李公見之大驚謂公之皇考曰兒有大志宜善視之州舉進士第一以書薦其里人史防而居其次祥符八年眞宗皇帝乘賈誼置器之説試禮部所奏士讀至公賦有安天下意歎曰此宰相器也凡貢士當賜第者考定必召其高第數人並見又參擇

其材質可者然後賜第一及公召見衣冠偉然進對有法天子爲無能過者亟以第一賜之初拜將仕郎將作監丞通判兖州太守諸本作原王臻治政嚴急喜以察盡一作盡察爲明公務爲裁損濟之以寬獄訟爲之不冤逾年通判濰州民有告其氏刻僞稅印爲姦利者已逾十年蹤跡連蔓至數百人公歎曰盡剥於民民無[illegible]逃此所謂法出而姦生者邪是爲政者之過也爲緩其獄得减死者十餘人餘皆釋而不問濰人皆曰公德於我使我自新爲善人由是風化大行天禧二年還京師當召試時大臣有用事者意不悅公居

數月不得召久而天子記其姓名趣使召試拜著作佐郎直集賢院階再加爲宣德郎勳騎都尉主判三司開坼司賜緋衣銀魚遷右正言階朝奉郎勳上騎都尉今天子即位遷右司諫眞宗新弃天下天子諒陰不言丁晉公用事專權欲邀致公許以知制誥公拒不往益堅已而寇萊公王文康公皆以不附己連黜公歸歎曰吾受先帝之知而至於此豈宜爲權臣所脅得罪非吾懼也既而晉公敗士嘗爲其用者皆恐懼獨公終無所屈未幾同修起居注又拜尚書禮部員外郎兼侍御史知雜事判流内銓賜服金紫改

三司户部度支二副使轉勳輕車都尉借給事中奉使契丹天聖八年拜起居舍人知制誥同知審官院會靈宫判官充翰林學士加侍讀學士賜爵汝南縣開國子食邑五百户太后修景德寺成詔公爲記而宦者羅崇勳主營寺事使人陰謂公曰善爲記當得參知政事公故遲之頗久使者數趣終不以進崇勳愬讒之太后遷禮部郎中改龍圖閣直學士出爲西京留守是時魯肅簡公方參知一無此字政事爭之太后前卒不能留以親便求改密州遭歲旱除其公田之租數千石諸本作碩疑頃字訛又請悉除京東民租弛其鹽禁

使民得貿海易食以救其飢東人至今賴之皆曰使吾人百萬口活而不飢者蔡公也徙南京留守進爵侯增邑户五百爲一千階朝散大夫召還拜右諫議大夫權御史中丞判吏部流内銓遷給事中勳護軍增邑五百爲千五百户莊獻明肅皇太后崩議尊楊太妃爲太后垂簾聽政議決召百官賀公曰天子明聖奉太后十餘年今始躬親萬事以慰天下之心豈宜女后相繼稱制且自古無有固止不追班太妃卒不預政止稱太后於宫中復爲龍圖閣直學士權三司使京師有指荆王爲飛語者内侍省得三司小吏

鞫之連及數百人上聞之大怒詔公窮治迹其所來無端而上督責愈急有司不知所爲京師爲之恐動公以謂繆妄之説起於小人不足窮治且無以慰安荆王危疑之心奏疏論之一夕三上上大悟乃可其奏止笞數人而已中外之情乃安拜樞密副使進爵公增邑戸五百爲二千南海蠻酋虐其部人部人款宜州自歸者八百餘人議者以爲叛蠻不可納宜還其部公獨以爲蠻去殘酷而歸有德且以求生宜内之荆湖賜以閒田使自營令縱却之必不復還其（一無此字）部苟散入山谷當爲後患爭之不能得其後數年

蠻果爲亂殺將吏十餘人宜桂以西皆警朝廷頗以爲憂景祐元年遷禮部侍郎參知政事二年賜號推忠佐理功臣進階正奉大夫勳柱國郭皇后廢京師富人陳氏女有色選入宫爲后公爭之以爲不可自辰至巳辨論不已上意稍悟遂還其家河決横壠改而北流議者以爲當塞公曰水性下而河北地卑順其所趣以道之可無澶滑壅潰之患而貝博數州得在河南於國家便但理堤護魏州而已從之澶滑果無患契丹祭天於幽州以兵屯界上界上驚搔議者欲發大軍以備邊公獨料其必不動後卒無事公在

大位臨事不回無所牽畏而恭謹謙退未嘗自伐天下推之爲正人搢紳之士倚以爲朝廷重三年頻表（一有求字）解職不許明年遂罷以户部侍郎歸班改賜推誠保德功臣勳上柱國久之出知潁州寶元二年四月四日以疾卒于官公在潁州聞西方用兵惻然有憂國心自以待罪外邦不得盡其所懷使其弟稟言西事甚詳公之卒故吏朱寀至潁潁之吏民見寀（一有號字）泣（一有拜字）於馬前指公嘗所更歷施爲曰此公之迹也其爲政有仁恩所至如此平生喜薦士（一有所薦二字）如楊偕郭勸劉隨龐籍叚少連比比爲當世名臣公爲

人神色明秀須眉如畫精學博聞寬大沈默一言之出終身可復其莅官行己出處始終之大節可考不誣如此謹按贈兵部尚書於令爲三品其法當謚敢告有司謹狀

司封貟外郎許公行狀

君諱遜字景山世家歙州少仕僞唐爲監察御史李氏國除以族北遷獻其文若干篇得召試爲汲縣尉冠氏主簿凡主簿二歲縣民七百人詣京師願得君爲令遷秘書省校書郎知縣事數上書論北邊事是時趙普爲相四方奏疏不可其意者悉投二甕中甕

滿輒出而焚之未嘗有所肯可獨稱君爲能曰其言與我多合又二歲徙江華令未行轉運使樊知古薦其材拜太僕寺丞磨勘錢帛粮草監永城和糴知海陵監三歲用鹽最遷大理寺丞賜緋衣銀魚監泗州排岸司遷贊善大夫監永興軍榷貨務遷太常丞知鼎州州雜蠻蜑喜以攻劫爲生少年百餘人私自署爲名號常伺夜出掠居人居人惡之莫敢指君至而歎曰夫政民之庇也威不先去其惡則惠亦不能及人君政既行盜皆亡入他境約君去乃還遷國子博士奉使兩浙江南言茶鹽利害省州縣之役皆稱旨

出知興元府大修山河堰堰水舊溉民田四萬餘頃世傳漢蕭何所爲君行壞堰顧其屬曰鄼侯方佐漢取天下乃暇爲此以溉其農古之聖賢有以利人無不爲也今吾豈宜憚一時之勞而廢古人萬世之利乃率工徒躬治木石石墜傷其左足君益不懈堰成歲穀大豐得嘉禾十二莖以獻遷尚書主客員外郎京西轉運使徙荆湖南路荆湖南接谿洞諸蠻歲出爲州縣患君曰鳥獸可馴況蠻亦人乎乃召其酋豪諭以禍福諸蠻皆以君言爲可信訖三歲不以蠻事聞朝廷君罷來朝眞宗面稱其能會有司言荆南久

不治眞宗拜君度支員外郎知府事荆南鈐轄北路兵馬於荆湖爲大府故常用重人至君特選以材用員外郎自君而始明年遷司封員外郎賜金紫徙知揚州州居南方之會世之仕宦於南與其死而無歸者皆寓其家于揚州故其子弟雜居民閒往往倚權貴恃法得贖出入里巷爲不法至或破亡其家君捕其甚者笞之曰此非吏法乃吾代汝父兄教也子弟羞媿自悔稍就學問爲善人風俗大化歲滿在道得疾卒于高郵君少孤事其母兄以孝謹聞常戒其妻事嫂如姑而未嘗敢先其兄食衣雖弊兄不易衣不

敢易初違命俟遣其弟朝京師君之故友全（一作金一作潘）惟岳當從以其家屬託君惟岳果留不返君善撫其家爲嫁其女數人李氏國亡君載其家北歸京師以還惟岳歷官四十年不問家事好學尤喜孫吴兵法初在僞唐數上書言事得校書郎遂遷御史王師圍金陵李氏大將李雄擁兵數萬留上江陰持兩端李氏患之以謂非君不能召雄君走上江以語動雄雄即聽命已而李氏以蠟書止雄於溧水君曰此非柵兵之地留之必敗乃戒雄曰兵來慎無動待我一夕吾當入白可與公兵俱入城君去王師挑之雄輒出

戰果敗死君至收其餘卒千人而去君少慷慨卒能自立於時其孝謹聞於其族其信義著於其友其材能稱於其官是皆可書以傳謹狀

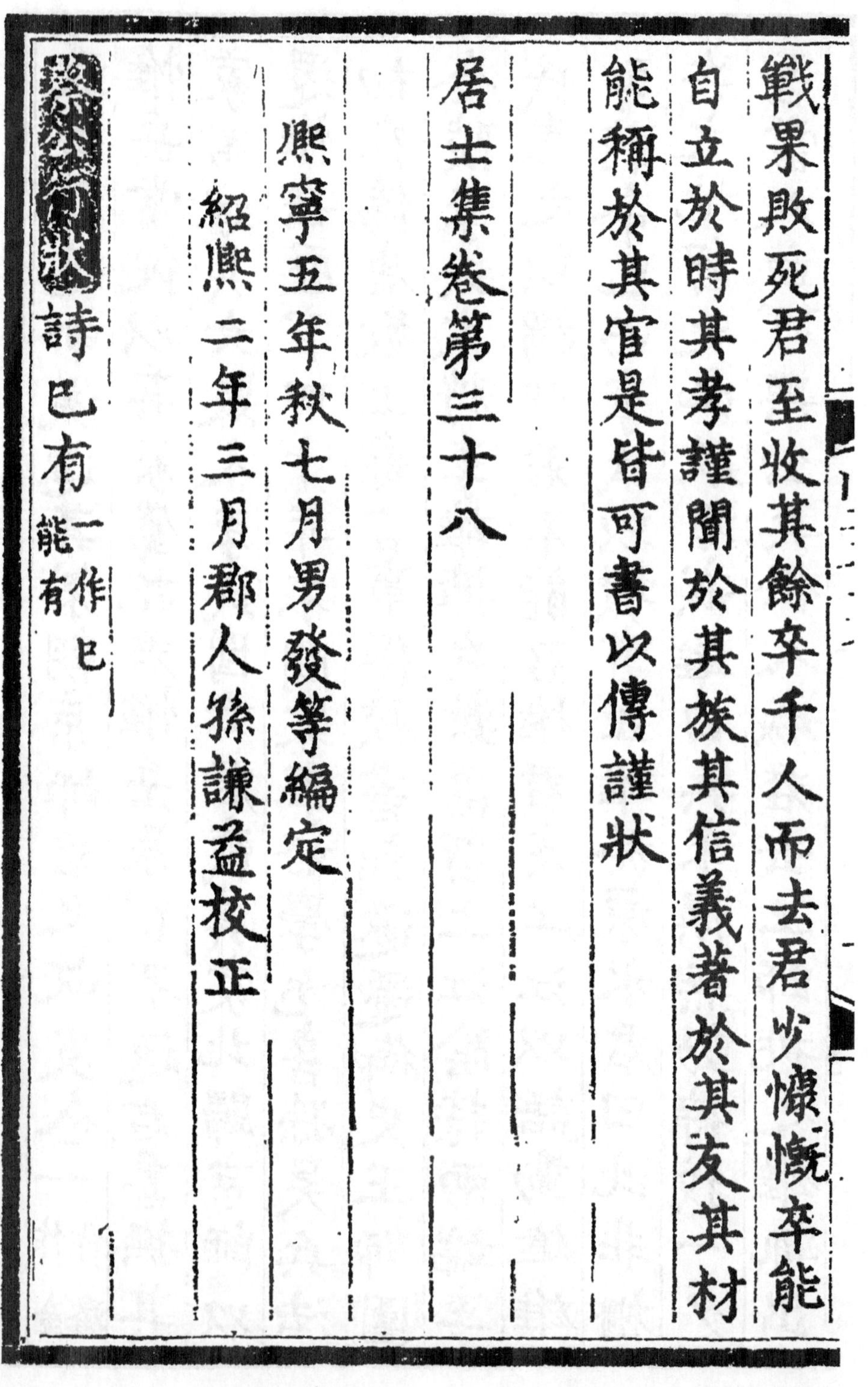

居士集卷第三十八

熙寧五年秋七月男發等編定

紹熙二年三月郡人孫謙益校正

[illegible]行狀　詩已有一作已能有

許公壽狀

全惟岳 全恕本作金

記十首

泗州先春亭記

景祐二年秋，清河張侯以殿中丞來守泗上，既至，問民之所素病而治其尤暴者，曰：暴莫大於淮。越明年春，作城之外堤，因其舊而廣之，度爲萬有九千二百尺，用人之力八萬五千。泗之民曰：此吾利也，而大役爲然，人力出於州兵，而石出乎南山，作大役而民不知，是爲政者之私我也。不出一力而享大利，不可相與出米一千三百石以食役者。堤成，高三十三尺，土實石堅捍暴備災可久而不壞既曰泗四達之州也賓客之至者有禮於是因前蔣侯堂之亭新之爲勞餞之所曰思邵亭且推其美於前人而志邦人之思也又曰泗天下之水會也歲漕必廩於此於是治常豐倉西門二夾室一以視出納曰某亭一以爲舟者之寓舍曰通漕亭然後曰吾亦有所休（一有暇其勞三字）乎乃築州署之東城上爲先春亭以臨淮水而望西山是歲秋予貶夷陵過泗上於是知張侯之善爲政也昔周單子聘楚而過陳見其道穢而川澤不陂梁客至不授館羈旅無所寓遂知其必亡蓋城郭道路旅舍

寄寓皆三代爲政之法而周官尤謹著之以爲禦備令張侯之作也先民之備災而及于賓客往來然後思自休焉故曰知爲政也先時歲大水州幾溺前司封員外郎張侯夏守是州築堤以禦之令所謂因其舊者是也是役也堤爲大故予記其大者詳焉

夷陵縣至喜堂記

峽州治夷陵地濱大江雖一無此字有椒漆紙以通商賈而民俗儉陋常自足無所仰於四方販夫所售不過鱐魚腐鮑民所嗜而已富商大賈皆無爲而至地僻而貧故夷陵爲下縣而峽爲小州州居無郭郭通衢

不能容車馬市無百貨之列而鮑魚之肆不可入雖邦君之過市必常下乘掩鼻以疾趨而民之列處竈廩匽井無異位一室之間上父子而下畜豕其覆皆用（一作以）茅竹故歲常火災而俗信鬼神其相傳曰作（一無此字）瓦屋者不利夷陵者楚之西境昔春秋書荆以狄之而詩人亦曰蠻荆豈其陋俗自古然歟景祐二年尚書駕部員外郎朱公治是州始樹木增城柵甓南北之街作市門市區又教民爲瓦屋別竈廩異人畜以變其俗既又命夷陵入劉光裔治其縣起敕書樓飾廳事新吏舍三年夏縣功畢某有罪來是邦朱

公於其有舊且哀其以罪而來爲至縣舍擇其廳事之東以作斯堂度爲疏絜高明而日居之以休其心堂成又與賓客偕至而落之夫罪戾之人宜棄惡地處窮險使其憔悴憂思而知自悔咎今乃賴朱公而得善地以偷宴安頑然使忘其有罪之憂是皆異其所以來之意然夷陵之僻陸走荆門襄陽至京師二十有八驛水道大江絕淮抵汴東水門五千五百有九十里故爲吏者多不欲遠來而居者往往不得代至歲滿或自罷去然不知夷陵風俗朴野少盜爭（一作少盜事靜）而今之日食有稻與魚又有橘柚茶筍四時之

味江山美秀而邑居繚完無不可愛是非惟有罪者之可以忘其憂而凡爲吏者莫不始來而不樂既至而後喜也作至喜堂記藏其壁夫令雖卑而有土與民宜志其風俗變化之善惡使後來者有考焉爾一作使後來有考其歲月云爾

峽州至喜亭記

蜀於五代爲僭國以險爲虞以富自足舟車之迹不通乎中國者五十有九年宋受天命一海内四方次第平太祖改元之三年始平蜀然後蜀之絲枲織文之富衣被於天下而貢輸商旅之往來者陸輦秦鳳

本道岷江不絶于萬里之外岷江之來合蜀衆水出三峽爲荆江傾折回直捍怒鬬激束之爲湍觸之爲旋順流之舟頃刻數百里不及顧視一失毫釐與崖石遇則糜潰漂没不見蹤迹故凡（一有西字）蜀之可以充内府供京師而移用乎諸州者皆陸出而其羨餘不急之物乃下于江若棄之然其爲險且不測如此夷陵爲州當峽口江出峽始漫爲平流故舟人至此者必瀝酒再拜相賀以爲更生尚書虞部郎中朱公再治是州之三月作至喜亭于江津以爲舟者之停留也且誌夫天下之大險至此而始平夷以爲行人之

喜幸夷陵固爲下州廩與俸皆薄而僻且遠雖有善政不足爲名譽以資進取朱公能不以陋而安之其心又喜夫人之去憂患而就樂易詩所謂愷悌君子者矣自公之來歲數大豐因民之餘然後有作惠于往來以館以勞動不違時而人有賴是皆宜書故凡公之佐吏因相與謀而屬筆於脩焉

御書閣記

醴陵縣東二十里有宫曰登真其前有山世傳仙人王喬鍊藥於此唐開元間神仙道家之説與天子爲書六大字賜而揭焉太宗皇帝時詔求天下前世名

山異迹而尤好書法聞登真有開元時所賜字甚奇乃取至京師閱焉已而還之又賜御書飛帛字使藏焉其後登真大火獨飛帛書存康定元年道士彭知一探其私笈（一作篋）以市工材悉復宫之舊建樓若干尺以藏賜書予之故人處士任君爲予言其事來乞文以志凡十餘請而不懈予所領職方悉掌天下圖書考圖驗之醴陵老佛之居凡八十而所謂登真者其說皆然乃爲之記夫老與佛之學皆行於世久矣爲其徒者常相訾病若不相容於世二家之說皆見斥於吾儒宜其合勢并力以爲拒守而乃反自相攻

惟恐不能相弱者何哉豈其死生性命所持之說相盭而然邪故其代爲興衰各繫於時之好惡雖善辯者不能合二說而一之至其好大宫室以矜世人則其爲事同焉然而佛能箝人情而鼓以禍福人之趣者常衆而熾老氏獨好言清淨遠去靈仙飛化之術其事冥深不可質究則其爲（一無此字）常以淡泊無爲爲務故凡佛氏之動摇興作爲力甚易而道家非遭人主之好尚不能獨與其間能自力而不廢者豈不賢於其徒者哉知一是已慶曆二年八月八日廬陵歐陽脩記

畫舫齋記

予至滑之三月即其署東偏之室治爲燕私之居而名曰畫舫齋齋廣一室其深七室以户相通凡入予室者如入乎舟中其温室之奥則穴其上以爲明其虚室之疏以達則欄檻其兩旁以爲坐立之倚凡偃休於吾齋者又如偃休乎舟中山石崷崒佳花美木之植列於兩簷之外又似汎乎中流而左山右林之相映皆可愛者故因以舟名焉周易之象至於履險蹈難必曰涉川蓋舟之爲物所以濟險難而非安居之用也今予治齋於署以爲燕安而反以舟名之豈

不戾哉？矧予又嘗以罪謫走江湖間，自汴絶淮，浮于大江，至于巴峽，轉而以入于漢沔，計其水行幾萬餘里。其羇窮不幸，而卒遭風波之恐，往往（二字一作或）叫號神明以脫須臾之命者數矣。當其恐時，顧視前後凡舟之人，非爲商賈則必仕宦，因竊自歎，以謂非冒利與不得已者，孰肯至是哉？賴天之惠，全活其生。今得除去宿負，列官于朝，以來是州（一無此二字），飽廪食而安署居。追（一作遐）思曩時山川所歷，舟檝之危，蛟鼉（一有白鱀二字）之出沒，波濤之洶欻，宜其寢驚而夢愕。而乃忘其險阻，猶以舟名其齋，豈眞樂於舟居者邪？然予聞古之人有逃世遠去江湖之上終身而不肯反者其必有所樂也苟非冒利於險有罪而不得已使順風恬波傲然（一無此二字）枕席之上一日而（一無此字）千里則舟之行豈不樂哉（一作誠可樂也）顧予誠有所未暇而（此八字一作今舟之制九多）舫者宴嬉之舟也姑以名予齋奚曰不宜予友蔡君謨善大書頗怪偉將乞其大字以題於楹懼其疑予之所以名齋者故具以云又因以（一無此字）置于壁

壬午十二月十二日書

王彥章畫像記

太師王公諱彥章字子明鄆州壽張人也事梁爲宣

義軍節度使以身死國葬於鄭州之管城晉天福二年始贈太師公在梁以智勇聞梁晉之爭數百戰其爲勇將多矣而晉人獨畏彥章自乾化後常與晉戰屢困莊宗於河上及梁末年小人趙巖等用事梁之大臣老將多以讒不見信用一作皆怒而有怠心而梁亦盡失河北事勢已去諸將多懷顧望獨公奮然自必不少屈懈志雖不就卒死以忠公既死而梁亦亡矣悲夫五代終始纔五十年而更十有三君五易國而八姓士之不幸而出乎其時能不汙其身得全其節者鮮矣公本武人不知書其語質平生嘗謂人曰

豹死留皮人死留名蓋其義勇忠信出於天性而然予於五代書竊有善善惡惡之志至於公傳未嘗不感憤歎息惜乎舊史殘略不能備公之事康定元年予以節度判官來此求於滑人得公之孫睿所録家傳頗多於舊史其記德勝之戰尤詳又言敬翔怒末帝不肯用公欲自經於帝前公因用笏畫山川爲御史彈而見廢又言公五子其二同公死節此皆舊史無之又云公在滑以讒自歸於京師而史云召之是時梁兵盡屬段凝京師羸兵不滿數千公得保鑾五百人之鄆州以力寡敗於中都而史云將五千以往

者亦皆非也公之攻德勝也初受命於帝前期以三日破敵梁之將相聞者皆竊笑及破南城果三日是時莊宗在魏聞公復用料公必速攻自魏馳馬來救已不及矣莊宗之善料公之善（一無此字）出奇何其神哉今國家罷兵四十年一旦元昊反敗軍殺將連四五年而攻守之計至今未決予嘗獨持用奇取勝之議而歎邊將屢失其機時人聞予說者或笑以爲狂或忽若不聞雖予亦惑不能自信及讀公家傳至於德勝之捷乃知古之名將必出於奇然後能勝然非審於爲計者不能出奇奇在速速在果此天下偉男子

之所爲非拘牽常筭之士可到也每讀其傳未嘗不想見其人後二年予復來通判州事歲之正月過俗所謂鐵槍寺者又得公畫像而拜焉歲久磨滅隱隱可見亟命工完理之而不敢有加焉懼失其真也公尤善用槍當時號王鐵槍公死已百年至今俗猶以名其寺童兒牧豎皆知王鐵槍之爲良將也一槍之勇同時豈無而公獨不朽者豈其忠義之節使然歟畫已百餘年矣完之復可百年然公之不泯者不繫乎畫之存不存（二字一作否）也而予尤區區如此者蓋其希慕之至焉耳讀其書尚想乎其人况得拜其像

識其面目不忍見其壞也盡旣完因書予所得者于後而歸其人使藏之一有焉字

襄州穀城縣夫子廟記

釋奠釋菜祭之略者也古者士之見師以菜爲摯故始入學者必釋菜以禮其先師其學官四時之祭乃皆釋奠釋奠有樂無尸而釋菜無樂則其又略也故其禮亡焉而今釋奠幸存然亦無樂又不徧舉於四時獨春秋行事而已記曰釋奠必有合有國故則否謂凡有國各自祭其先聖先師若唐虞之夔伯夷周之周公魯之孔子其國之無焉者則必合於鄰國而

祭之然自孔子沒後之學者莫不宗焉故天下皆尊以爲先聖而後世無以易學校廢久矣學者莫知所師一則有字又取孔子門人之高第曰顏回者而配焉以爲先師隋唐之際天下州縣皆立學置學官生員而釋奠之禮遂以著令其後州縣學廢而釋奠之禮吏以其著令故得不廢學廢矣無所從祭則皆廟而祭之荀卿子曰仲尼聖人之不得勢者也然使其得勢則爲堯舜矣不幸無時而沒特以學者之故享弟子春秋之禮而後之人不推所謂釋奠者徒見官爲立祠而州縣莫不祭之則以爲夫子之尊由此爲盛甚

者乃謂生雖不得位而没有所享以爲夫子榮謂有德之報雖堯舜莫若何其謬論者歟祭之禮以迎尸酌鬯爲盛釋奠薦饌直奠而已故曰祭之略者其事有樂舞授器之禮今又廢則於其略者又不備焉然古之所謂吉凶鄉射賓燕之禮民得而見焉者今皆廢失而州縣幸有社稷釋奠風雨雷師之祭民猶得以識先王之禮器焉其牲酒器幣之數升降俯仰之節吏又多不能習至其臨事舉多不中而色不莊使民無所瞻仰見者怠焉因以爲古禮不足復用可勝歎哉（一無因字）此大宋之興於今八十年天下無事方修

禮樂崇（作尊）儒術以文太平之功以謂王爵未足以尊夫子文加至聖之號以褒崇之講正其禮下於州縣而吏或不能諭上（一有之字）意凡有司簿書之所不責者謂之不急非師古好學者莫肯盡心焉穀城令狄君栗爲其邑未逾時修文宣王廟易於縣之左大其正位爲學舍於其旁藏九經書率其邑之子弟興於學然後（一作台）考制度（一作圖記）爲俎豆籩篚罇爵簠簋凡若干（一作凡百餘事）以與其邑人行事（一本大家之興至謂之不急一段載于此下）穀城縣政久廢狄君居之朞月稱治又能載國典修禮興學急其有司所不責者諰諰然惟恐不及可

謂有志之士矣

吉州學記

慶曆三年秋天子開天章閣召政事之臣八人問治天下其要有幾施於今者宜何先使坐而書以對八人者皆震恐失位俯伏頓首言此非愚臣所能及惟陛下所欲爲則天下幸甚於是詔書屢下勸農桑責吏課舉賢才其明年三月遂詔天下皆立學置學官之員然後海隅徼塞四方萬里之外莫不皆有學嗚呼盛矣學校王政之本也古者致治之盛衰視其學之興廢記曰國有學遂有序黨有庠家有塾此三代

極盛之時大備之制也宋興蓋八十有四年而天下之學始克大立豈非盛美之事須其久而後至於大備歟是以詔下之日臣民喜幸而奔走就事者以後爲羞其年十月吉州之學成州舊有夫子廟在城之西北今知州事李侯寬之至也謀與州人遷而大之以爲學舍事方上請而詔已下學遂以成李侯治吉敏而有方其作學也吉之士率其私錢一百五十萬以助用人之力積二萬二千工而人不以爲勞其良材堅甓之用凡二十二萬三千五百而人不以爲多學有堂筵齋講有藏書之閣有賓客之位有游息之

亭巖巖翼翼壯偉閎耀而人不以爲侈旣成而來學者常三百餘人予世家于吉而一無此字濫官于朝一有廷字進不能贊揚一作明字天子之盛美退不得與諸生揖讓乎其中然予聞教學之法本於人性磨揉遷革使趨於善其勉於人者勤其入於人者漸善教者以不倦之意須遲久之功至於禮讓興行而一無此字風俗純美然後爲學之成今州縣之吏不得久其職而躬親於教化也故李侯之績及於學之立而不及待其成惟後之人毋廢慢天子之詔而殆一作怠以中止幸予他日因得歸榮故鄉而謁於學門將見吉之士皆道德

明秀而可爲公卿問於其俗而婚喪飲食皆中禮節入於其里而長幼相孝慈於其家行於其郊而少者扶其羸老壯者代其負荷於道路然後樂學之道成而得時從先生耆老席于衆賓之後聽鄉樂之歌飲獻酬之酒以詩頌天子太平之功而周覽學舍思詠李侯之遺愛不亦美哉故於其始成也刻辭于石而立諸其廡以俟

豐樂亭記

脩既治滁之明年夏始飲滁水而甘問諸滁人得於州一作城西南百步之近其上豐山聳然而特立下則幽

谷窈然而深藏中有清泉滃然而仰（一無此字）出俯仰左右顧而樂之於是疏泉鑿石闢地以爲亭而與滁人往遊（一作還一有於字）其間滁於五代干戈之際用武之地也昔太祖皇帝嘗以周師破李景兵十五萬於清流山下生擒其將皇甫暉姚鳳於滁東門之外遂以平滁脩嘗考其山川（一作山水按一作考其）其圖記升高以望清流之關欲求暉鳳就擒之所而故老皆無在者蓋天下之平久矣自唐失其政海內分裂豪傑並起而爭（一有而字）所在（一有自字）爲敵國者何可勝數及宋受天命聖人出而四海一嚮之憑恃險阻剗削消磨百年之間

漠然徒見山高而水清欲問其事而遺老盡矣今滁介於江淮之間舟車商賈四方賓客之所不至民生不見外事而安於畎畝衣食以樂生送死而孰知上之功德休養生息（一作覆被休養）涵煦百年之深也脩之來此樂其地僻而事簡又愛其俗之安閒既得斯泉于山谷之間乃（一無此字）日與滁人仰而望山俯而聽泉掇幽芳而蔭喬木風霜冰雪刻露清秀四時之景（一作美）無不可愛又幸其民樂其歲物之豐成而喜與予遊也因爲本其山川道其風俗之美使民知所以安此豐年之樂者幸生無事之時也夫宣上恩德以與民

共樂刺史之事也遂書以名其亭焉慶曆丙戌六月日右正言知制誥知滁州軍州事歐陽脩記

醉翁亭記

環滁皆山也其西南諸峯林壑尤美望之蔚然而深秀者琅邪也山行六七里漸聞水聲潺潺而瀉出于兩峯之間者讓泉也峯回路轉有亭翼然臨于泉上者醉翁亭也作亭者誰山之僧曰一無此字智僊也名之者誰太守自謂也太守與客來飲于此飲少輒醉而年又最高故自號曰醉翁也醉翁之意不在酒在乎山水之間也山水之樂得之心而寓之酒也若夫日

出而林霏開，雲歸而巖穴暝，晦明變化者，山間之朝暮也。野芳發而幽香，佳木秀而繁陰，風霜高潔，水清（一作涸一作落）而石出者，山間之四時也。朝而往，暮而歸，四時之景不同，而樂亦無窮也。至於負者歌于塗，行者休于樹，前者呼，後者應，傴僂提攜，往來而不絕者，滁人遊也。臨谿而漁，谿深而魚肥，釀泉爲酒，泉香而酒洌（一作泉洌而酒香），山肴野蔌，雜然而前陳者，太守宴也。宴酣之樂，非絲非竹，射者中，弈者勝，觥籌交錯，起坐而諠譁者，衆賓懽也。蒼顔白髮，頹然乎其間者，太守醉也。已而夕陽在山，人影散亂，太守歸而賓客從也。樹林陰翳鳴聲上下遊人去而禽鳥樂也然而禽鳥知山林之樂而不知人之樂人知從太守遊而樂碑有而字不知太守之樂其樂也醉能同其樂醒能述以文者太守也太守謂誰廬陵歐陽脩也

居士集卷第三十九

熙寧五年秋七月男發等編定

紹熙二年三月郡人孫謙益校正

御書閣記醴陵縣東有宫曰登眞朝佐按長沙志登眞觀名非宫也公父名觀故其功德觀亦曰西陽宫蓋避諱易之三十四卷胡文恭公墓誌醴泉觀使爲宫使亦以此

至喜亭記

始平蜀石本無始字于萬里于石本作千合蜀衆水出三峽爲荆江宋文粹云合蜀衆水歷三峽爲别江峽山之險與江相傾捍石本作悍舟人至此一作舟人之至此更生石本此字下有朝奉郎三字之傳留也石本作彊櫂之地誌石本作識喜幸石本此字下有也字固爲下州石本無固字固爲固一作舊廩與俸一作守之廩俸朱公能朱一作獨愷悌石本作豈弟

數大豐（一作頻大登）

畫舫齋記 以舟名之（之一作焉）

穀城縣夫子廟記 大宋之興（一作宋興）太平之功（一無之功二字）爲其邑（其一作是）有志之士矣（此下一有寶元元年盧陵歐陽脩記十字）

吉州學記 西北（石本作西南）知州事（石本此字下有殿中丞三字）人不以爲多（石本無人字下句人不以爲脩亦無人字）世家于吉（于石本作於）其入其（其石本作而）者漸（石本此字下有故字）婚（石本作昬）長幼（石本作幼長）

至喜亭記吉州學記各有石本

豐樂亭記 欲求（一無欲字）之所（一作之處）道其（此上一有而字）以與民共樂（以一作而）

醉翁亭記宴酣一作宴適

此卷峽州至喜亭記、穀城夫子廟記，再以慶曆四年宋文粹本校之，尚有不同。又吉州學記，以校承平時閩本，往往異辭，疑是初稾先已傳布。今録全篇附外集十三卷之後，使學者有考焉。

居士集卷第四十　　歐陽文忠公集四十

記八首

菱谿石記

菱谿之石有六，其四爲人取去，其一差小而尤奇，亦藏民家。其最大者偃然僵卧於谿側，以其難徙，故得獨存。每歲寒霜落水涸而石出，谿傍人見其可怪，往往祀以爲神。菱谿按圖與經皆不載。唐會昌中刺史李濆爲荇谿記云：水出永陽嶺西，經皇（一作黄）道山下。以地求之，今無所謂荇谿者。詢於滁州人，曰此谿是也。楊行密有（一作據）淮南，淮人爲諱其嫌名，以荇爲菱理或然也谿傍若有遺址云故將劉金之宅石即劉氏之物也金僞一作爲吳時貴將與行密俱起合淝號三十六英雄金其一也金本武夫悍一作驍卒而乃能知愛賞奇異爲兒女子之一作所好豈非遭逢亂世功成志得驕於富貴之佚欲而然邪想其陂池臺榭奇木異草與此石稱亦一時之盛哉今劉氏之後散爲編民一作氓尚有居谿旁者予感夫人物之廢興一無此字惜其可愛而一有反字棄也乃以三牛曳置幽谷又索其小者得於白塔民朱氏遂立于亭之南北亭負城而近以爲滁人歲時嬉遊之好夫物之奇者弃没於幽

遠則可惜置之耳目則愛者不免取之而去嗟夫劉金者雖不足道然亦可謂雄男（一作勇悍）之士其平生志意豈不偉哉及其後世荒堙零落至於子孫泯没而無聞況欲長有此石乎用此（一無此二字）可爲富貴者之戒而好奇之士聞此石者（一作聞石而來）可以賞而足何必取而去也哉

海陵許氏南園（一作園亭）記

高陽許君子春治其海陵郊居之南爲小園作某亭某堂于其間許君爲江浙荆淮制置發運使其所領六路七十六州之廣凡賦斂之多少山川之遠

近舟楫之往來均節轉徙視江湖數千里之外如運諸其（一無此字）掌能使人樂爲而事集當國家用兵之後修前人久廢之職補京師匱乏之供爲之六年厥績大著自國子博士遷主客員外郎由判官爲副使夫理繁而得其要則簡簡則易行而不違惟簡與易然後其力不勞而有餘夫以制置七十六州之有餘治數畝之地爲園誠不足施其智而於君之事亦不足書君之美衆矣予特書其一節可以示海陵之人者君本歙人世自孝德其先君司封喪其父母事其兄如父戒其妻事其嫂如姑衣雖弊兄未易衣不敢易

食雖具，凡未食，不敢先食。司封之亡，一子當得官，其凡弟相讓久之，諸凡卒以讓君，君今遂顯于朝，以大其門。君撫凡弟諸子猶己子。歲當上計京師，而弟之子病，君留不忍去，其子亦不忍捨君而留，遂以俱行。君素清貧，罄其家貲，走四方以求醫，而藥必親調，食飲必親視，至其矢溲亦親候其時節顔色所下（一作疾），如可理則喜，或變動逆節則憂戚之色不自勝。其子卒，君哭泣悲哀，行路之人皆嗟歎。嗚呼！予見許氏孝悌（一有者字）著于三（一作四）世矣。凡海陵之人過其園者，望其竹樹，登（一作覩）其臺榭，思其宗族少長相從愉愉而樂於此也愛其人化其善自一家而形一鄉由一鄉而推之無遠邇一作近使許氏之子孫世久而一無此字愈篤則一作焉不獨化及其人將見其園閒之草木有駢枝而連理也禽鳥之翔集于其間者不爭巢而棲不擇子而哺也嗚呼事患不爲與夫怠而止爾惟力行而不怠以止然後知予言之可信也慶曆八年十二月二十七日廬陵歐陽脩記

眞州東園記

眞爲州當東南之水會故爲江淮兩浙荆湖發運使之治所龍圖閣直學士施君正臣侍御史許君子春

之爲使也得監察御史裹行馬君仲塗爲其判官三人者樂其相得之懽而因其暇日得州之監軍廢營以作東園而日往遊焉歲秋八月子春以其職事走京師圖其所謂東園者來以示予曰園之廣百畝而流水横其前清池浸其右高臺起其（一作超而）北臺吾望以拂雲之亭池吾俯以澄虛之閣水吾泛以畫舫之舟敞其中以爲清讌之堂闢其後以爲射賓之圃芙渠芰荷之的歷幽蘭白芷之芬芳與夫佳花美木列植而交陰此前日之蒼煙白露而荊棘也高甍巨桷水光日景動揺而下上（一作上下）其寬閑深靚可以答遠

響而生清風此前日之頹垣斷塹而荒墟（一作塸）也嘉時令節州人士女嘯歌而管絃此前日之晦冥風雨鼪鼯鳥獸之嗥音也吾於是信有力焉凡圖之所載蓋其一二之略也若迺升于高以望江山之遠近嬉于水而逐魚鳥之浮沈其物象意趣登臨之樂覽者各自得焉凡工之所不能畫者吾亦不能言也其爲我書其大槩焉又曰真天下之衝也四方之賓客往來者吾與之共樂于此豈獨私吾三人者哉然而（一作）其池臺日益以新草樹日益以茂四方之士無日而不來而吾三人者有時而皆去也豈不眷眷於是哉

不爲之記，則後孰知其自吾三人者始也？予以謂三君子之材賢足以相濟，而又恊于其職，知所後先，使上下給足，而東南六路之人無辛苦愁怨之聲，然後休其餘閑，又與四方之賢士大夫共樂于此，是皆可嘉也。乃爲之書。廬陵歐陽脩記。

浮槎山水記

浮槎山在慎縣南三十五里，或曰浮闍山（一無此五字），或曰浮巢二（一無此字）山，其事出於浮圖老子之徒荒怪誕幻之說。其上有泉，自前世論水者皆弗道。余嘗讀《茶經》，愛陸羽善言水，後得張又新《水記》，載劉伯芻、李季卿所列水次第以爲得之於羽然以茶經考之皆不合又新妄狂險譎之士其言難信頗疑非羽之説及得浮槎山水然後益以羽爲知水者浮槎與龍池山皆在廬州界中較其水味不及浮槎遠甚而又新所記以龍池爲第十浮槎之水棄而不録以此知其所失多矣羽則不然其論曰山水上江次之井爲下山水乳泉石池漫流者上其言雖簡而於論水盡矣浮槎之水發自李侯嘉祐二年李侯以鎮東軍（一無此字）留後出守廬州因游金陵登蔣山飲其水既又登浮槎至其山上有石池涓涓可愛蓋羽所謂乳泉漫流者

也飲之而甘乃考圖記問於故老得其事迹因以其水遺余於京師予報之曰李侯可謂賢矣夫窮天下之物無不得其欲者富貴者之樂也至於蔭長松藉豐草聽山溜之潺湲飲石泉之滴瀝此山林者之樂也而山林之士視天下之樂不一動其心或有欲於心顧力不可得而止者乃能退而獲樂於斯彼富貴者之能致物矣而其不可兼者惟山林之樂爾惟富貴者而不得兼然後貧賤之士有以自足而高世其不能兩得亦其理與勢之然歟今李侯生長富貴厭於耳目又知山林之爲樂至於攀緣上下幽隱窮絶

人所不及者皆能得之其兼取於物者可謂多矣李侯折節好學喜交賢士敏於爲政所至有能名凡物不能自見而待人以彰者有矣其物未必可貴而因人以重者亦有矣故予爲志其事俾世知斯（一作奇）泉發自李侯始也三年二月二十有四日廬陵歐陽脩記

有美堂記

嘉祐二年龍圖閣直學士尚書吏部郎中梅公出守于杭於其行也天子寵之以詩於是始作有美之堂蓋取賜詩之首章而名之以爲杭人之榮然公之甚

愛斯堂也雖去而不忘今年自金陵遣人走京師命予誌之其請至六七而不倦予乃為之言曰夫舉天下之至美與其樂有不得而兼焉者多矣故窮山水登臨之美者必之乎寬閑之野寂寞之鄉而後得焉覽人物之盛麗夸都邑之雄富者必據乎四達之衝舟車之會而後足焉蓋彼放心於物外而此娛意於繁華二者各有適焉然其為樂不得而兼也今夫所謂羅浮天台衡嶽廬阜洞庭之廣三峽之險號為東南奇偉秀絕者乃皆在乎下州小邑僻陋之邦此幽潛之士窮愁放逐之臣之所樂也若乃四方之所聚

百貨之所交物盛人衆爲一都會而又能兼有山水之美以資富貴之娱者惟金陵錢塘然二邦皆僭竊於亂世及聖宋受命海内爲一金陵以後服見誅今其江山雖在而頽垣廢址荒煙野草過而覽者莫不爲之躊躇而悽愴獨錢塘自五代時知尊中國効臣順及其亡也頓首請命不煩干戈今其民幸富完安樂又其俗習（一作習俗）工巧邑屋華麗蓋十餘萬家環以湖山左右映帶而閩商海賈風帆浪舶出入於江濤浩渺煙雲杳靄之間可謂盛矣而臨是邦者必皆朝廷公卿大臣若天子之侍從又有四方遊士爲之賓

客故喜占形勝，治亭（一作臺）榭相與極遊覽之娛。然其於所取有得於此者，必有遺於彼。獨所謂有美堂者，山水登臨之美，人物邑居之繁，一寓目而盡得之。蓋錢塘兼有天下之美，而斯堂者又盡得錢塘之美焉，宜乎公之甚愛而難忘也。梅公清慎好學君子也，視其所好，可以知其人焉。四年八月丁亥，廬陵歐陽脩記。

相州晝錦堂記

仕宦而至將相，富貴而歸故鄉，此人情之所榮，而今昔之所同也。蓋士方窮時，困阨閭里，庸人孺子皆得易而悔之若季子不禮於其嫂買臣見棄於其妻一旦高車駟馬旗旄導前而騎卒擁後夾道之人相與駢肩累迹瞻望咨嗟而所謂庸夫愚婦者奔走駭汗羞愧俯伏以自悔罪於車塵馬足之間（一有而莫敢仰視五字）此一介之士得志（一有於字）當時而意氣之盛昔人比之衣錦之榮者也惟大丞相衛國公則不然公相人也世有令德爲時名卿自公少時已擢高科登顯仕海内之士聞下風而望餘光者蓋亦有年矣所謂將相而富貴皆公所宜素有非如窮阨之人僥倖得志於一時出於庸夫愚婦之不意以驚駭而夸耀之也然

則高牙大纛一作旆不足爲公榮桓圭袞冕不足爲公
貴惟德被生民而功施社稷勒之金石播之聲詩以
耀後世而垂無窮此公之志而士亦以此望於公也
豈止夸一時而榮一鄉哉公在至和中嘗以武康之
節來治於相乃作晝錦之堂于後圃既又刻詩於石
以遺相人其言以快恩讎矜名譽爲可薄蓋不以昔
人所夸者爲榮而以爲戒於此見公之視富貴爲如
何而其志豈易量哉故能出入將相勤勞王家而夷
險一節至於臨大事決大議垂紳正笏不動聲氣一作
色而措天下於泰山之安可謂社稷之臣矣其豐功

威烈所以銘彝鼎而被弦歌者乃邦家之光非閭里之榮也余雖不獲登公之堂幸嘗竊誦公之詩樂公之志有成而喜爲天下道也於是乎書尚書吏部侍郎參知政事歐陽脩記

仁宗御飛白記

治平四年夏五月余將赴亳假道于汝陰因得閲書於子履之室而雲章爛然輝映日月爲之正冠肅容再拜而後敢仰視蓋仁宗皇帝之御飛白（一作帛）也曰此寶文閣之所藏也胡爲於子之室乎子履曰曩者天子宴從臣於羣玉而賜以飛白余幸得與賜焉予

窮於世久矣少不悅於時人流離竄斥十有餘年而得不老死江湖之上者蓋以遭時清明天子嚮學樂育天下之材而不遺一介之賤一作善使得與羣賢並遊於儒學之館而天下無事歲時豐登民物安樂天子優游清閑不邇聲色方與羣臣從容於翰墨之娛而余於斯時竊獲此賜非惟一介之臣之榮遇亦朝廷一時之盛事也子其爲我志之余曰仁宗之德澤涵濡於萬物者四十餘年雖曰夫野老之無知猶能悲歌思慕於壟畝之間而況儒臣學士得望清光蒙恩寵登金門而上玉堂者乎於是相與泫然流涕而

書之夫玉韞石而珠藏淵其光氣常見於外也故山輝如白虹水變而五色者至寶之所在也今賜書之藏于子室也吾知將有望氣者言榮光起而屬天者必賜書之所在也一有觀文殿學士刑部尚書歐陽脩謹記

峴山亭記一本題上有史光禄修

峴山臨漢上望之隱然蓋諸山之小者而其名特著於荆州者豈非以其人哉其人謂誰羊祜叔子杜預元凱是已方晉與吴以兵爭常倚荆州以爲重而二子相繼於此遂以平吴而成晉業其功烈已蓋於當世矣止於風流餘韻藹然被於江漢之間者至今人

猶思之而於思叔子也（一作而於叔子思之）尤深蓋元凱以其功（一作力）而叔子以其仁二子所爲雖不同然謂（一作皆）足以垂於不朽余（一作而）頗疑其反自汲汲於後世之名者何哉傳言叔子嘗登茲山慨然語其屬以謂此山常在而前世之士皆已湮滅於無聞因自顧而悲傷然獨不知茲山待己而名著也元凱銘功於二石一置茲山之上一投漢水之淵是知陵谷有變而不知石有時而磨滅也豈皆自喜其名之甚而過爲無窮之慮歟將自待者厚而所思者遠歟山故有亭世傳以爲叔子之所遊止也故其屢廢而復興者由後

世慕其名而思其人者多也熙寧元年余友人史君中煇以光禄卿來守襄陽明年因亭之舊廣而新之旣（一無此字）周以回廊之壯又大其後軒使與亭相稱君知名當世所至有聲襄人安其政而樂從其遊也因以君之官名其後軒爲（一作曰）光禄堂又欲紀其事于石以與叔子元凱之名並傳于久遠君皆不能止也乃來以記屬於余余謂君知慕叔子之風而襲其遺迹則其爲人與其志之所存者可知矣襄人愛君而安樂之如此則君之爲政於襄者又可知矣此襄人之所欲書也若其左右山川之勝勢與夫草木雲煙

之沓靄出没於空曠有無之間而可以備詩人之登高寫離騷之極目者宜其覽者自得之至於亭屢廢興或自有記或不必究其詳者一有則字皆不復道一有也字

熙寧三年十月二十有二日六一居士歐陽脩記

居士集卷第四十

熙寧五年秋七月男發等編定

紹熙二年三月郡人孫謙益校正

菱溪石記　滁州人（一無州字）即劉（一作乃劉）

東園記　監軍（石本作驍將）芙渠（一作芙蕖）塹（石本作壍）

浮槎山水記　浮闍山（石本無山字）無間於（石本無於字）而不得兼而（一作之）

有美堂記　又有（一作必有）

御飛白記　江湖之上（四字上一有於字）

居士集卷第四十　　歐陽文忠公集四十

序七首

章望之字序

校書郎章君（一作望之）嘗（一無此字）以其名望之（一無二字）來請字曰願有所教使得以勉焉而自勗者予爲之字曰表民而告之曰古之君子所以異乎衆人者言出而爲民信事行而爲世法其動作容貌皆可以表於民（一作皆有以爲民表）也故紘綖（一作纓旒）冕弁以爲首容佩玉玦環以爲行容衣裳黼黻（一作設色）以爲身容手有手容足有足容揖讓登降獻酬俯仰莫不有容又見其寬柔溫厚

剛嚴果毅之色，以爲仁義之容，服其服，載其車，立乎朝廷而正君臣，出入宗廟而臨大事，儼然人皆望而畏之曰：此吾民之所尊也。非民之知尊君子，而君子者能自修而尊者也。然而行不充于內，德不備於人，雖盛其服，文其容，民不尊也（一作民弗尊也已）。名山大川，一方之望也；山川之岳瀆（一有則字），天下之望也。故君子之賢於一鄉者，一鄉之望也；賢於一國者，一國之望也；名烈著于天下者，天下之望也；功德被于後世者，萬世之望也。孝慈友悌達于一鄉（一作於州閭），古所謂鄉先生者，一鄉之望也。春秋之賢大夫若隨之季良、鄭之子產者一作春秋諸侯之大夫若鄭之子產吳之季札之類一國之望也位于二字一作居中而姦臣賊子不敢竊一作凱發于外如漢之大將軍出入將相朝廷以為輕重天下繫其一作以為安危如唐之裴丞相一有若此二字者天下之望也其人已沒一作死其事已久一作矣聞其名想其人若不可及者夔龍稷契是也其功可以及百一作被萬世其道可以師百王雖有賢一作後聖莫敢過之一作自謂莫及者周孔是也此萬世之望而皆所以為民之表也傳曰其在一作在其賢者識其大者遠三字一作遠大者一有若此數者皆可自擇而勉焉者也今十四字章君儒其衣冠氣剛色仁好學而有志三字一作志於古裞其

絜然修乎其外而煇然充乎其内以發乎一作爲文辭則又辯博放一作宏肆而無涯一作不流是數者皆可以自擇而勉焉者也一無此十三字是固一無此字能識夫一作其遠大者矣雖予何何字一作信可以勗焉第一作敢因其志廣其説一作殭爲之言以塞請慶曆三年六月日序

釋祕演詩集序

予少以進士遊京師因得盡交當世之賢豪然猶以謂國家臣一四海休兵革養息天下以無事者四十年而智謀雄偉非常之士無所用其能者往往伏而不出山林屠販必有老死而世莫見者欲從而求之

不可得其後得吾亡友石曼卿曼卿爲人廓然有大志時人不能用其材曼卿亦不屈以求合無所放其意則往往從布衣野老酣嬉淋漓顛倒而不厭予疑所謂伏而不見者庶幾狎而得之故嘗喜從曼卿遊欲因以陰求天下奇士浮屠二字一作僧祕演者與曼卿交最久亦能遺外世俗以氣節相高二人懽然無所間曼卿隱於酒祕演隱於浮屠皆奇男子也然喜爲歌詩以自娛當其極飲大醉一作臨水望月歌吟笑呼以適天下之樂何其壯也一時賢士皆願從其之一作游予亦時至其室十年之間祕演北渡河東之濟鄆無所

合困而歸曼卿已死祕演亦老病嗟（一作君）夫二人者予乃見其盛衰則余亦將老矣夫曼卿詩辭清絕尤稱祕演之作以爲雅健有詩人之意祕演狀貌雄傑其胷中浩然既習于佛無所用獨其詩可行于世而懶不自惜已老胠其橐尚得三四百篇皆可喜者曼卿死祕演漠然無所向聞東南多山水其巔崖崛峍江濤洶湧甚可壯也遂欲往遊焉足以知其老而志在也於其將行爲叙其詩因道其盛時以悲其衰慶曆二年十二月二十八日廬陵歐陽脩序

釋惟儼文集序

惟儼姓魏氏杭州人少遊京師三一作二十餘年雖學于佛而通儒術喜爲辭章與吾亡友曼卿交最善曼卿遇人無所擇必皆盡其忻歡惟儼非賢士不交有不可其意無貴賤一切閉拒絶去不少顧曼卿之兼愛惟儼之介所趣雖異而交合無所間曼卿嘗曰君子泛愛而親仁惟儼曰不然吾所以不交妄人故能得一作得待天下士若賢不肖混則賢者安肯顧我哉以此一時賢士多從其遊居相國浮圖不出其戶十五年士嘗遊其室者禮之惟恐不至及去爲公卿貴人未始一往干之然嘗竊怪平生所交皆當世賢傑未

見一作有卓卓著一作見功業如古人可記者因謂世所
稱賢材若不笞兵走萬里立功海外則當佐天子號
令賞罰於明堂苟皆不用則絶寵辱遺世俗自高而
不屈尚安能酣豢於富貴而無爲哉醉則一作嘗或以此
誚其坐人人亦復之以謂遺世自守古人之所易若
奮身逢時欲必就功業此雖聖賢難之周孔所以窮
達異也今子老於浮圖不見用於世而幸不踐窮亨
之塗乃以古事之已然而責今人之必然邪雖然惟
儼四字一作儼雖傲乎退偃於一室天下之務當世之利病
聽其言終日不猒惜其將老也已曼卿死惟儼亦買

地京城之東以諆其終乃斂平生所爲文數百篇示予曰曼卿之死既已表其墓願爲我序其文然及我之見也嗟夫惟儼既不用於世其材莫見一作顯於時若考其筆墨馳騁文章贍逸之能可以見其志矣廬陵歐陽永叔序

詩譜補亡後序

歐陽子曰昔者聖人已没六經之道幾熄於戰國而焚弃於秦自漢已來收拾亡逸發明遺義而正其訛繆得以粗備傳于一作於今者豈一有止字一人之力哉後之學者因迹前世之所傳而較其得失或有之矣若

使徒抱焚餘殘脫之經倀倀於去聖千百年後不見先儒中間之説而欲特立一家之學者果有能哉吾未之信也然則先儒之論苟非詳其終始而抵牾質於聖人而悖理害經之甚有不得已而後改易者何必徒爲異論以相訾也毛鄭於詩其學亦已博矣予嘗依其箋傳考之於經而證以序譜惜其不合者頗多蓋詩述商周自生民玄鳥上陳稷契下迄（一作訖）陳靈公千五六百歲之間旁及列國君臣世次國地山川封域圖牒鳥獸草木魚蟲之名與其風俗善惡方言訓故（一作詁）盛衰治亂美刺之由無所不載然則孰

能無失於其間哉予疑毛鄭之失既多然不敢輕爲改易者意其爲説不止於箋傳而恨已（一作已恨）不得盡見二家之書未能徧通其旨夫不盡見其書而欲折其是非猶不盡人之辭（一作辯）而欲斷其訟之曲直其能果於自決乎其能使之必服乎世言鄭氏詩譜最詳求之久矣不可得雖崇文總目祕書所藏亦無之慶曆四年奉使河東至于絳州偶得焉其文有注而不見名氏然首尾殘缺自周公致太平已上皆亡之其國譜旁行尤易爲訛舛悉皆顛倒錯亂不可復考凡詩雅頌兼列商魯其正變之風十有四國而其次

比莫詳其義惟封國變風之先後不可以不知周召王豳同出於周邶鄘并於衛檜魏無世家其可考者陳齊衛晉曹鄭秦此封國之先後也豳齊衛檜陳唐秦鄭魏曹此變風之先後也周南召南邶鄘衛王鄭齊豳秦魏唐陳曹此孔子未删詩之前周大師樂歌之次第也周召邶鄘衛王檜鄭齊魏唐秦陳曹豳此鄭氏詩譜次第也黜檜後陳此今詩次比也初予未見鄭譜嘗略考春秋史記本紀世家年表而合以毛鄭之說爲詩圖十四篇今因取以補鄭譜之亡者足以見二家所說世次先後甚備因據而求其得失較

然矣而仍存其圖庶幾以見予於鄭氏之學盡心焉耳夫盡其說而有所不通然後得以論正予豈好爲異論者哉凡補其譜十有五補其文字二百七一本注云譜序自周公致太平已上皆亡其文予取孔穎達正義所載之文補足因爲之注自周公已下即用舊注云增損塗乙改正者三一作八百八十三而鄭氏之譜復完一有矣字

集古録目序

物常聚於所好而常得於有力之彊有力而不好好之而無力雖近且易有不能致之象犀虎豹蠻夷山海殺人之獸然其齒角皮革可聚而有也玉出崑崙

流沙萬里之外經十餘譯乃至乎中國珠出南海常生深淵採者蠒絚而入水形色非人往往不出則下飽蛟魚金礦于山鑿深而穴遠篝火餱糧而後進其崖崩窟塞則遂葬於其中者率常數十百人其遠且難而又多死禍常如此然而金玉珠璣世常兼聚而有也凡物好之而有力則無不至也湯盤孔鼎岐陽之鼓岱山鄒嶧會稽之刻石與夫漢魏已來聖君賢士桓碑彝器銘詩序記下至古文籀篆分隸諸家之字書皆三代以來至寶怪奇偉麗工妙可喜之物其去人不遠其取之無禍然而風霜兵火湮淪磨滅散

弃於山崖墟莽之間未嘗收拾者由世之好者少也幸而有好之者又其力或不足故僅得其一二而不能使其聚也夫力莫如好好莫如一予性顓而嗜古凡世人之所貪者皆無欲於其間故得一其所好於斯好之已篤則力雖未足猶能致之故上自周穆王以來下更秦漢隋唐五代外至四海九州名山大澤窮崖絶谷荒林破塜神仙鬼物詭怪所傳莫不皆有以爲集古録以謂轉一作傳寫失真故因其石本軸而藏之有卷帙次第而無時世之先後蓋其取多而未已故隨其所得而録之又以謂聚多而終必散乃撮

其大要別爲録目因并載夫可與史傳正其闕謬者以傳後學庶益於多聞或譏予曰物多則其勢難聚聚久而無不散何必區區於是哉予對曰足吾所好玩而老焉可也象犀金玉之聚其能果不散乎予固未能以此而易彼也盧陵歐陽脩序

蘇氏文集序

予友蘇子美之亡後四年始得其平生文章遺藁於太子太傅杜公之家而集録之以爲十卷子美杜氏壻也遂以其集歸之而告于公曰斯文金玉也弃擲埋没糞土不能銷蝕其見遺于一時必有收而寶之

于後世者雖其埋沒而未出其精氣光怪已能常自發見而物亦不能掩也故方其擯斥摧挫流離窮一本作困戹之時文章已自行于一作於天下雖其怨家仇人及嘗能出力而擠之死者至其文章則不能少毀而揜蔽一無此字之也凡人之情忽近而貴遠子美屈于今世猶若此其伸於後世宜如何也公其可無恨予嘗考前世文章政理之盛衰而怪唐太宗致治幾乎三王之盛而文章不能革五代之餘習後百有餘年韓李之徒出然後元和之文始復于古唐衰兵亂又百餘年而聖宋興天下一定晏然無事又幾百年而古

文始盛于今自古治時少而亂時多幸時治矣文章或不能純粹或遲久而不相及何其難之若是歟豈非難得其人歟苟一有其人又幸而及出于治世世其可不為之貴重而愛惜之歟嗟吾子美以一酒食之過至廢為民而流落以死此其可以歎息流涕而為當世仁人君子之（一無此字）職位宜與國家樂育賢材者惜也子美之齒少於予而予學古文反在其後天聖之間予舉進士于有司見時學者務以言語聲偶擿裂號為時文以相誇尚而子美獨與其兄才翁及穆參軍伯長作為古詩雜文時人頗共非笑之而

一無此字子美不顧也。其後天子患時文之弊，下詔諷勉學者以近古，由是其風漸息，而學者稍趨於古焉。獨子美爲於舉世不爲之時，其始終自守，不牽世俗趨舍，可謂特立之士也。子美官至大理評事、集賢校理而廢，後爲湖州長史以卒，享年四十有一。其狀貌奇偉，望之昂然，而即之溫溫，久而愈可愛慕。其材雖高，而人亦不甚嫉忌，其擊而去之者，意不在子美也。賴天子聰明仁聖四字一作聖明，凡當時所指名而排斥，二三大臣而下，欲以子美爲根而累之者，皆蒙保全，今並列於榮寵。雖與子美同時飲酒得罪之人，多一時

之豪俊亦被收采進顯于朝廷而子美獨不幸死矣豈非其命也悲夫廬陵歐陽脩序

鄭荀改名序

三代之衰學廢而道不明然後諸子出自老子猒周之亂用其小見以爲聖人之術止於此始非仁義而詆聖智諸子因之益得肆其異說至於戰國蕩而不反然後山淵齊秦堅白異同之論興聖人之學幾乎其息最後荀卿子獨用詩書之言貶異扶正著書以非諸子尤以勸學爲急荀卿楚人嘗以學干諸侯不用退老蘭陵楚人尊之及戰國平三代詩書未盡出

漢諸大儒賈生司馬遷之徒莫不盡用荀卿子蓋其爲說最近於聖人而然也滎陽鄭昊少爲詩賦舉進士已中第遂棄之曰此不足學也始從先生長者學問慨然有好古不及之意鄭君年尚少而性淳明輔一有之字以彊力之志得其是者而師焉無不至也將更其名數以請予使之自擇遂改曰荀於是又見其志之果也夫荀卿者未嘗親見聖人徒讀其書而得之然自子思孟子已下意皆輕之使其與游夏並進於孔子之門吾不知其先後也世之學者苟如荀卿可謂學矣而又進焉則孰能禦哉余既嘉君善自擇而

慕焉因爲之字曰叔希且以朂其成焉

居士集卷第四十一

熙寧五年秋七月男發等編定

紹熙二年三月郡人孫謙益挍正

望之字序　著于（一作著乎）將相（此下一有而字）之表（此下一有者字）章君儒其衣冠（章君之下一有之未也三字）

祕演詩集序　祕演隱於浮屠（一無祕字下同）江濤（一作濤江）

惟儼文集序　其户（一無其字）世俗（一作世事）文章（一作文辭）

詩譜補亡後序　焚棄（一無棄字）去聖（此下一有入字）次比（一作次第）

蘇氏文集序　治矣（此下一有其字）宜與（一作宜爲）而人（一作而世）

居士集卷第四十二　歐陽文忠公集四十二

序九首

韻總序

倕工於爲弓而不能射，羿與逄蒙天下之善射者也；奚仲工於爲車而不能御，王良造父天下之善御者也。此荀卿子所謂藝之至者不兩能，信哉！儒者學乎聖人，聖人之道直以簡，然至其曲而暢之，以通天下之理，以究陰陽天地人鬼事物之變化，君臣父子吉凶生死凡人（一作禍福）之大倫，則六經不能盡其說，而七十子與孟軻荀揚之徒各極其辯，而莫能殫焉。夫以孔子之好學而其所道者自堯舜而後則詳之其前蓋略而弗道其亦有所不暇者歟儒之學者信哉遠且大而用功多則其有所不暇者宜也文字之爲學儒者之所用也其爲精也有聲形曲直毫釐之别音響清濁相生之類五方言語風俗之殊故儒者莫暇精之其有精者則往往不能乎其他是以學者莫肯捨其所事而盡心乎此所謂不兩能者也必待乎用心專者而或能之然後儒者有以取焉洛僧鑒聿爲韻總五篇推子母輕重之法以定四聲考求前儒之失辯正五方之訛顧其用心之精可謂入於忽微若

櫛（一有者字）之於髮，績（一有者字）之於絲，雖細且多，而條理不亂。儒之學者莫能難也。鑒聿通於易，能知大演之數，又學乎陰陽、地理、黃帝、岐伯之書，其尤盡心者韻總也。世聿（一作本）儒家子，少爲浮圖，入武當山，往來江漢之旁十餘年，不妄與人交，有不可其意，雖王公大人亦莫肯顧；聞士有一藝，雖千里必求之，介然有古獨行之節，所謂用心專者也，宜其學必至焉耳。浮圖之書行乎世者數百萬言，其文字雜以夷夏，讀者罕得其真，往往就（一有聿字）而正焉。鑒（一無此字）聿之書（一作韻）非獨有取於吾儒，亦欲傳於其徒也。

送楊寘（一作送楊二赴劒浦）序

予嘗有幽憂之疾，退而閒居不能治也。既而學琴於友人孫道滋，受宮聲數引，久而樂之，不知疾之在其體也。（一本有夫疾生乎憂者也藥之毒者能攻其疾之聚不若聲之至者能和其心之所不平心而平不和者和則疾之忘也宜哉四十五字）夫琴之爲技小矣，及其至也，大者爲宮，細者爲羽，操絃驟作，忽然變之，急者悽然以促，緩者舒然以和，如崩崖裂石，高山出泉，而風雨夜至也；如怨夫寡婦之歎息，雌雄雍雍之相鳴也。其憂深思遠，則舜與文王、孔子之遺音也；悲愁感憤，則伯奇孤子、屈原忠臣之所歎也。喜怒哀樂，動人心深，而純古淡泊與夫堯舜三代之言語孔子之文章易之憂患一作思一作深詩之怨刺無以異其能聽之以耳應之以手取其和者道其堙鬱寫其憂思則感人之際亦有至者焉一有是不可以不學也七字予友楊君好學有文累以進士舉不得志及從廕調爲尉於劍浦區區在東南數千里外是其心固有不平者且少又多疾而南方少醫藥風俗飲食異宜以多疾之體有不平之心居異宜之俗其能鬱鬱以久乎然欲平其心以養其疾於琴亦將有得焉故予作琴說以贈其行且邀道滋酌酒進琴以爲別一無此二字而有說以贈其行挈道滋之琴而行曰是眞可樂也行

將學之二十二字

送曾鞏秀才序

廣文曾生來自南豐（一作自南豐來）入太學與其諸生羣進於有司有司斂羣材操尺度槩以一法考其不中者而弃之雖有魁壘技出之材其一累黍不中尺度則棄不敢取幸而得良有司不過反同衆人歎嗟（一作咨嗟）而愛惜若取捨非已事者諉曰有司有法奈不中何其（一作奈何其不中也）有司固不自任其責而天下之人（一作士）亦不以責有司皆曰其不中法也（一作其如不中法何）不幸有司尺度一失手（一作守）則往往失多而得少（一作失多於所得）嗚

呼（二字一作噫）有司所操果良法邪何其久而不思革也況若曾生之業其大者固已魁壘其於（一無此字）小者亦可以中（一作就）尺度而有司（一有遽字）棄之可怪也然曾生不非同進不罪有司告予以歸思廣其學而（一有益字）堅其守予初駭（一作驚）其文（一有既字）又壯其志夫農不咎歲而菑播是勤其水旱則已使一有穫則豈不多邪曾生稾其文數十萬言來京師京師之人無求曾生者然曾生亦不以干也（一作而生亦不一往干之）予豈敢（一作若予者豈能）求生而生辱以顧予是京師之人既不（四字一作士大夫既莫能）求之而有司又失之而獨余得也於其行也遂見於

文使知（一有曾字）生者可以予有司（一有之失二字）而賀余之獨得也

送田畫秀才寧親萬州序

五代之初，天下分爲十三四，及建隆之際，或滅或微，其在者猶七國，而蜀與江南地最大。以周世宗之雄，三至淮上，不能舉李氏，而蜀亦恃險爲阻，秦隴山南皆被侵奪，而荆人縮手歸峽，不敢西窺以爭故地（一本注云：往時忠萬夔施皆屬荆南，五代之際爲蜀所侵）。及太祖受天命，用兵不過（一作及）萬人，舉兩國如一郡縣吏，何其偉歟（一作哉）！當此時，文初之祖從諸將西平成都，及南攻（一作破）金陵，功語名將者稱田氏田氏功書史最多於時（一作最有功於時）官禄世于家至今而不絶及天下已定（一作天下既平久矣）將率無所用其武士君子爭以文儒進故文初將家子反衣白衣從鄉進士舉於有司彼此一時亦各遭其埶而然也文初辭業通敏爲人敦潔可喜歲之仲春自荆南西（一作自荆南而西將）拜其親於萬州維（一作繫）舟夷陵予與之登高以遠望（一作望山川）遂遊東山窺緑蘿溪坐磐石文初愛之（一有留字）數日乃去（一作行）夷陵者其地志云北有夷山以爲（一有之字）名或曰巴峽之險至此地始平夷蓋今文初所見尚未爲山川之勝者由此而上

泝江湍入三峽險怪奇絶乃一作直可愛也當王師伐蜀時兵出兩道一自鳳州以入一自歸州以取忠萬以西今之所經皆王師嚮所用武處一作今丈初所歷皆嚮時王師用武處覽其山川可以慨然而賦矣

謝氏詩序

天聖七年予始遊京師得吾友謝景山景山少以進士中甲科以善歌詩知名一作以好古能文知名於時其後予於他所又得今舍人宋公所爲景山母夫人之墓銘言夫人好學通經自教其子乃知景山出於甌閩數千里之外負其藝於大衆之一無此字中一貫而售遂以名

知一作知名於人者緊其母之賢也今年予自夷陵至一作之許昌景山出其女弟希孟所爲詩百餘篇然後又知景山之母不獨成其子之名而又以其餘遺其女也景山嘗學杜甫杜牧之文以雄健高逸自喜希孟之言尤隱約深厚一作切守禮而不自放有古幽閑淑女之風非特婦人之能言者也然景山嘗從今世賢豪者遊故得聞於當時而希孟不幸爲女子莫自章顯於世昔衛莊姜許穆夫人録於仲尼而列之國風一有使字今有傑然巨人能輕重時人而取信後世者一爲希孟重之其不泯没矣予固力不足者復何爲哉

復何爲哉希孟嫁進士陳安國卒時年二（一作三）十四

景祐四年八月一日守峽州夷陵縣令歐陽脩序

送張唐民歸青州序

予讀周禮至於教民興學選賢命士之法未嘗不輟而歎息以謂三代之際士豈皆素賢哉當其王道備而習俗成仁義禮樂達於學孝慈友悌達於家居有教養之漸進有爵福之勸苟一不勉則又有屏黜不齒（一無二字）戮辱之羞然則士生其間其勢不得不至於爲善也豈必生知之賢及後世道缺學廢苟偷之俗成而忘其教養之具（一作漸）至於爵禄黜辱之法又失

其方而不足以勸懼然則士生其間能自爲善二字一作立卓然而不惑者非其生知之性天所賦予其孰能至哉則凡所謂賢者其可貴於三代之士遠矣故善人尤少幸而有則往往飢寒困踣之不暇其幸者或艱而後通夫賢者豈必困且艱歟蓋高世則難合違俗則多窮一有困字亦其勢然也嗚呼人事修則天下之人皆可使爲善士一無此字廢則雖天所賦予其賢亦困於時夫天非不好善其不勝於人力者其勢之然歟此所謂天人之理在於周易一有爲字否泰消長之卦能通其說則自古賢聖窮達而禍福皆可知而不足怪

秀才張生居青州，其母賢而知書。三子喪其二，獨生最賢，行義聞於鄉，而好學力爲古文，是謂卓然而不惑者也。今年舉進士，黜於有司。母老而貧，無以養，可謂困且艱矣。嗟乎！予力既不能（一有以字）周於生，而生尤好（一有學字）易，常以講於予。君歸而卒其業，則天命之理，人事之勢，窮達禍福，可以不動于其心。雖然，若生者豈必（一作終）窮也哉？安知其不艱而後通也哉？慶曆二年三月十九日序。

送王陶序（一作剛說送王先輩之岳陽）

六經皆載聖人之道，而易著（著一作尤明）聖人之用。吉凶得失動靜進退易之事也其所以爲之用者剛與柔也乾健坤順剛柔之大用也至於八卦之變六爻之錯剛與柔迭居其位而吉亨利无咎凶厲悔吝之象生焉蓋剛爲陽爲德爲君子柔爲陰爲險爲小人自乾之初九爲始而上至於剥其卦五皆陰剥陽之卦也小人之道長君子静以退之時也自坤之初六爲復而上至於夬其卦五皆剛決柔之卦也小人之道消君子動以進而用事之時也夫剛之爲德君子之常用也庇民利物功莫大焉其爲卦一本有也字過泰之三而四爲大壯一本畫卦五爲夬一本畫卦壯者壯也夬者決也

四陽雖盛而猶有二陰然陽衆而陰寡則可用壯以（一作壯而）以攻之故其卦爲壯五陽而一陰陰不足爲直可決之而已故其卦爲夬然則君子之用其剛也審其力視其時知陰險小人之必可去然後以壯而決之夫勇者可犯也彊者可詘也聖人於壯決之用必有戒焉故大壯之彖辭曰大壯利正其象辭曰君子非禮弗履夬之彖辭曰健而說決而和其象辭曰居德則忌以明夫剛之不可獨任也故復始而亨臨浸而長泰交而大壯以衆攻其寡夬乘其衰而決之夫君子之用其剛也有漸而不失其時宜（一作又）不獨任

必以正以禮以說以和而濟之則功可成此君子動以進而用事之方也太原王陶字樂道好剛之士也常嫉世陰險三字一作夫君子少而小人多居京師不妄與人遊力學好古以一無此字自一作篤信自守今其初仕於易得君子動以進之象故予爲剛說以贈之大壯之初九曰壯于趾征凶夬之初九亦曰壯于趾往不勝爲咎以此見三字一作此皆聖人之戒用剛也不獨於其一作著于彖象而又常深戒於其初嗚呼世之君子少而小人多君之力學好剛以蓄其志未始施之於事也今其往尤宜慎乎其初一有脩述

孫子後序（一作書孫子後）

世所傳孫武十三篇，多用曹公、杜牧、陳皞注，號三家。孫子余頃與撰四庫書目，所見孫子注者尤多（一有至二十餘家五字）。武之書本於兵，兵之術非一，而以不窮爲奇，宜其説者之多也。凡人之用智有短長，其施設各異，故或膠其説於偏見，然無出所謂三家者。三家之注，皞最後，其説時時攻牧之短。牧亦慨然最喜論兵，欲試而不得者，其學能道春秋戰國時事，甚博而詳。然前世言善用兵稱曹公，曹公嘗與董、呂、諸袁角其力而勝之，遂與吳、蜀分漢而王。傳言魏之諸將出兵千里（一有公字）每坐計勝敗授其成筭諸將用之十不失一一有違者兵輒敗北故魏世用兵悉以新書從事其精於兵也如此牧謂曹公於注孫子尤略蓋惜其所得自爲一書是曹公悉得武之術也然武嘗以其書干吳王闔閭闔閭用之西破楚北服齊晉而霸諸侯夫使武自用其書止於彊伯及曹公用之然亦終不能滅吳蜀豈武之術盡於此乎抑用之不極其能也後之學者徒見其書又各牽於己見是以注者雖多而少當也獨吾友聖俞不然嘗評武之書曰此戰國相傾之說也三代王者之師司馬九伐之法武不及

也然亦愛其文略而意深其行師用兵料敵制勝亦皆有法其言甚有次序而注者汨之或失其意乃自爲注凡膠於偏見者皆抉（一作排）去傳以己意而發之然後武之説不汨而明吾知此書當與三家並傳而後世取其説者往往於吾聖俞多焉聖俞爲人謹質温恭（一有仁厚而明四字）衣冠進趨眇然儒者也後世之視其書者與太史公疑張子房爲壯夫何異

梅聖俞詩集序

予聞世謂詩人少達而多窮夫豈然哉蓋世所傳詩者多出於古窮人之辭也凡士之藴其所有而不得

施於世者多喜自放於山巔水涯一有之字外見蟲魚草木風雲鳥獸之狀類往往探其奇怪內有憂思感憤之鬱積其興於怨刺以道羇臣寡婦之所歎而寫人情之難言蓋愈窮則愈工然則非詩之能窮人殆窮者而後工也予友梅聖俞少以蔭補為吏累舉進士輒抑於有司困於州縣凡十餘年年今五十猶從辟書為人之佐鬱其所畜不得奮見於事業其家宛陵幼習於詩自為童子出語已驚其長老既長學乎六經仁義之說其為文章簡古純粹不求苟說於世世之人徒知其詩而已然時無賢愚語詩者必求之聖俞聖

俞亦自以其不得志者樂於詩而發之故其平生所作於詩尤（一作最）多世既知之矣而未有薦于上者昔王文康公嘗見而歎曰二百年無此作矣雖知之深亦不果薦也若使其幸得用於朝廷作爲雅頌以歌詠大宋之功德薦之清廟而追商周魯頌之作者豈不偉歟奈何使其老不得志而爲窮者之詩乃徒發於蟲魚物類羈愁感歎之言世徒喜其工不知其窮之久而將老也可不惜哉聖俞詩既多不自收拾其妻之兄子謝景初懼其多而易失也取其自洛陽至于吳興已來所作次爲十卷予嘗嗜聖俞詩而患不

能盡得之遽喜謝氏之能類次也輒序而藏之其後十五年聖俞以疾卒于京師余既哭而銘之因索于其家得其遺藁千餘篇并舊所藏掇其尤者六百七十七篇爲一十五卷嗚呼吾於聖俞詩論之詳矣故不復云廬陵歐陽脩序

居士集卷第四十二

熙寧五年秋七月男發等編定

紹熙二年三月郡人孫謙益校正

送曾肇序　與其（一無其字）京師之人（四字一作士大夫）

送田畫序　十三四（一作十四五）其在（一作其存）爲蜀所侵（四字一作入蜀）於如一郡縣吏（一作若取郡縣吏）功最多於時語名將者穪田氏（一作最有功故當時語名將者穪田氏）于家（一作其家）反衣（一作反以）通敏（一作精敏）三峽（此下一有其字）以取（一作而取）

謝淺詩序　泯沒（此下一有必字）

送張唐民序　爵福之勸（福一作祿）豈必（一作豈皆必）而忘（一作而亡）

又失（一作久失）三月（一作五月）

送王陶序　五陽而一陰（一作一陰而五陽）直可決之（一作則可直決）之泰交而大（大一作泰）用其剛（一無其字）以正以禮以說以和

案文粹作以禮以正以和以說陰險而小人多而一作之君之力學四字上一有若字施之於事一無之字

居士集卷第四十二　　歐陽文忠公集四十三

序七首

送秘書丞宋君歸太學序

陋巷之士甘藜藿而脩仁義毀譽不干其守飢寒不累其心此衆人以爲難而君子以爲易生于高門世襲軒冕而躬布衣韋帶之行其驕榮佚欲之樂生長于其間而不溺其習日見于其外而不動乎其中此雖君子猶或難之學行足以立身而進不止材能足以高人而志愈下此雖聖人亦以爲難也書曰不自滿假又曰汝惟不矜不伐（一有夫字）以舜禹之明（一有且字）猶

以是爲相戒懼況其下者哉此誠可謂難也已廣平宋君宣獻公之子公以文章爲當世宗師顯于朝廷登于輔弼清德著于一時令名垂于後世君少自立不以門地驕于人既長學問好古爲（一無此字）文章天下賢士大夫皆稱慕其爲人而君慊然常若不足于己者守官太學甘寂寞以自處日與寒士往來而從先生國子講論道德以求其益夫生而不溺其習此蓋出其（一作於）天性其見焉而不動于中者由性之明學之而後至也學（一作進）而不止高而愈下予自其幼見其長行而不倦久而愈篤可知其將無所不至焉也

孟子所謂孰能禦之者歟予陋巷之士也遭時奮身竊位于朝守其貧賤之節其臨利害禍福之際常恐其奪也以予行君子之所易者猶若是知君行聖賢之所難者爲難能也歲之三月來自京師拜其舅氏予得延之南齋聽其論議而慕其爲人雖與之終身久處而不厭也留之數日而去於其去也不能忘言遂爲之序廬陵歐陽脩述

送徐無黨南歸序

草木鳥獸之爲物衆人之爲人其爲生雖異而爲死則同一歸於腐壞澌盡泯滅而已而衆人之中有聖

賢者固亦生且死於其間而獨異於草木鳥獸衆人者雖死而不朽逾一作愈遠而彌存也其所以為聖賢者修之於身施之於事見之於言是三者所以能不朽而存也修於身者無所不獲施於事者有得有不得焉其見於言者則又有能有不能也施於事矣不見於言可也自詩書史記所傳其人豈必皆能言之士哉修於身矣而不施於事不見於言亦可也孔子弟子有能政事者矣有能言語者矣若顔回者在陋巷曲肱飢臥而已其羣居則默然終日如愚人然自當時羣弟子皆推尊之以為不敢望而一作以及而後

世更百千歲亦未有能及之者其不朽而存者固不待施於事況於[一作其]言乎予讀班固藝文志唐四庫書目見其所列自三代秦漢以來著書之士多者至百餘篇少者猶三四十篇其人不可勝數而散亡磨滅百不一二存焉予竊悲其人文章麗矣言語工矣無異草木榮華之飄風鳥獸好音之過耳也方其用心與力之勞[一作勤]亦何異衆人之汲汲營營而忽焉以死者雖有遲有速[一作其遲速雖異]而[一作然]卒與三者同歸於泯滅夫言之不可恃也蓋如此今之學者莫不慕古聖賢之不朽而勤一世以盡心於文字間[一無此字]

者皆可悲也東陽徐生少從予學爲文章稍稍見稱於人既去而與羣士試於禮部得高第由是知名一有而字其文辭日進如水涌而山出予欲摧其盛氣而勉其思也故於其歸告以是言然予固亦喜爲文辭者亦因以自警焉

廖氏文集序

自孔子没而一無此字周一有盗字衰接乎戰國秦遂焚書六經於是中絶漢興蓋久而後出其散亂磨滅既失其傳然後諸儒因得措其異說於其間如河圖洛書怪妄之尤甚者余嘗哀夫學者知守經以篤信而不知

僞說之亂經也屢焉說以黜之而學者溺其久習之傳反駭然非余以一人之見決千歲不可考之是非欲奪衆人之所信（一作好）徒自守而世莫之從也余以謂自孔子没至今二千歲之間有一歐陽脩者爲是說矣又二千歲焉知無一人焉與脩同其說也又二千歲將復有一人焉然則同者至于三則後之人不待千歲而有也同予說者既衆則衆人之所溺者可勝而（二字一作以）奪也夫六經非一世之書（一有也字）其將與天地無終極而存也以無終極視數千歲（一作載）於其間頃刻爾是則余之有待於後者遠矣非汲汲有求

於今世也（一作今之世矣）衡山廖偁與余遊三十年已而出其凡偁之遺文百餘篇號朱陵編者其論洪範以爲九疇聖人之法爾非有龜書出洛之事也余乃知不待千歲而有與余同於今世者（一有矣字）始余之待于後世也蓋有因余言而同者爾若偁者未嘗聞余言蓋其意有所合焉然則舉今之世固有不相求而同者矣亦何待於數千歲（一作載）乎廖氏家衡山世以能詩知名於湖南而偁尤好古能文章其德行聞于鄉里一時賢士皆與之遊以其不達而早死故不顯于世嗚呼知（一有有字）所待者必有時而獲知（一有有字）所畜者必

有時而施苟有志焉不必有求而後合余嘉與脩不相求而兩得也於是乎書嘉祐六年四月十六日翰林學士尚書吏部郎中知制誥充史館修撰歐陽脩序

外制集序一作慶曆制草

慶曆三年春丞相呂夷簡病不能朝上既更用大臣鋭意天下事始用諫官御史疏追還夏竦制書既而召韓琦范仲淹於陝西又除富弼樞密副使弼仲淹琦皆惶恐頓首辭讓至五六不已手詔趣琦等就道甚急而弼方且入求對以辭不得見遣中貴人趣送

閤門使即受命嗚呼觀琦等之所以讓上之所以用琦等者可謂聖賢相遭一作逢萬世一遇而君臣之際何其盛也於是時天下之士孰不願爲材邪顧予何人亦與其選夏四月召自滑臺入諫院冬十二月拜右正言知制誥是時夏人雖數請命而西師尚未解嚴京東累歲盜賊最後王倫暴起沂州轉劫江淮之間而張海郭貌山等亦起商鄧以驚京西州縣之吏多不稱職而民弊矣天子方慨然勸農桑興學校破去前例以不次用人哀民之困而欲除其蠹吏知磨勘法久之弊而思別材不肖以進賢能患百職之不

修而申行賞罰之信蓋欲修法度矣予時雖掌誥命猶在諫職常得奏事殿中從容盡聞天子所以更張庶事憂閔元元而勞心求治之意退得載于制書以諷曉訓勑在位者然予方與修祖宗故事又修起居注又修編勑日與同舍論議治文書所省不一而除目所下率不一二時已迫丞相出故不得專一思慮工文字以盡導天子難諭之意而復誥命於三代之文嗟夫學者文章見用于世鮮矣況得施於朝廷而又遭人主致治之盛若脩之鄙使竭其材猶恐不稱而況不能專一其職此予所以常遺恨於斯文也明

年秋予出爲河北轉運使又明年春權知成德軍事事少間發嚮所作制草而閱之雖不能盡載明天子之意於其所述百（一作而）得一二足以章示後世蓋王者之訓在焉豈以予文之鄙而廢也於是録之爲三卷予自直閣下褫直八十始滿不數日奉使河東還即以來河北故其所作纔一百五十餘篇云三月二十一日序

禮部唱和詩序

嘉祐二年春予幸得從五人者於尚書禮部考天下所貢士凡六千五百人蓋絶不通人者五十日乃於

其間時相與作爲古律長短歌詩雜言庶幾所謂羣居燕處言談之文亦所以宣其底滞而忘其倦怠也故其爲言易而近擇而不精然綢繆反復若斷若續而時發於奇怪雜以詼嘲笑謔及其至也往往亦造於精微夫君子之博取於人者雖滑稽鄙俚猶或不遺而況於詩乎古者詩三百篇其言無所不有惟其肆而不放樂而不流以卒歸乎正此所以爲貴也於是次而録之得一百七十三篇以傳於六家嗚呼吾六人者志氣可謂盛矣然壯者有時而衰衰者有時而老其出處離合參差不齊則是詩也足以追惟平

昔握手以爲笑樂至於慨然掩卷而流涕嘘嚱者亦將有之雖然豈徒如此而止也覽者其必有取焉廬陵歐陽脩序

内制集序

昔錢思公嘗以謂朝廷之官雖宰相之重皆可雜以他才處之惟翰林學士非文章不可思公自言爲此語頗取怒一作怨於達官然亦自負以爲至論今學士所作文書多矣至於青詞齋文必用老子浮圖之説祈禳祕祝往往近於家人里巷之事而制詔一作誥取便於宣讀常拘以世俗所謂四六之文其類多如此

然則果可謂之文章者歟予在翰林六年中間進拜二三大臣皆適不當直而天下無事四夷和好兵革不用凡朝廷之文所以指麾號令訓戒約束自非因事無以發明矧予中年早衰意思零落以非工之作又無所遇以發焉其屑屑應用拘牽常格卑弱不振宜可羞也然今文士尤以翰林爲榮選予既罷職院吏取予直草以日次之得四百餘篇因不忍棄況其上自朝廷内及宫禁下暨蠻夷海外事無不載而時政記日曆與起居郎舍人有所略而不記未必不有取於斯焉嗚呼予且老矣方買田淮潁之間若夫涼

竹簟之暑風䐰茅簷之冬日睡餘支枕念昔平生仕宦出處顧瞻玉堂如在天上因覽遺藁見其所載職官名氏以較其人盛衰先後孰在孰亡足以知榮寵爲虚名而資笑談一作談笑之一噱也亦因以誇於田夫野老而已嘉祐六年秋八月二日廬陵歐陽脩序

帝王世次圖序

堯舜禹湯文武此六君子者可謂顯人矣而後世猶失其傳者豈非以其遠也哉是故君子之學不窮遠以爲能而闕其不知慎所傳以惑世也方孔子時周衰學廢先王之道不明而異端之説並起孔子患之

乃修正詩書史記以止紛亂之說而欲其傳之信也故略其遠而詳其近於書斷自唐虞以來著其大事可以爲世法者而已至於三皇五帝君臣世次皆未嘗道者以其世遠而慎所不知也孔子既没異端之說復興周室亦益衰亂接乎戰國秦遂焚書先王之道中絶漢興久之詩書稍出而不完當王道中絶之際奇書異說方充斥而盛行其言往往反自託於孔子之徒以取信於時學者既不備見詩書之詳而習傳盛行之異說世無聖人以爲質而不自知其取捨眞僞至有博學好奇之士務多聞以爲勝者於是盡

集諸說而論次初無所擇而惟恐遺之也如司馬遷之史記是矣以孔子之學上述前世止於堯舜著其大略而不道其前遷遂出孔子之後而乃上述黃帝以來又詳悉其世次其不量力而務勝宜其失之多也遷所作本紀出於大戴禮世本諸書今依其說圖而考之堯舜夏商周皆同出於黃帝堯之崩也下傳其四世孫舜舜之崩也復上傳其四世祖禹而舜禹皆壽百歲稷契於高辛爲子乃同父異母之兄弟今以其世次而下之湯與王季同世湯下傳十六世而爲紂王季下傳一世而爲文王二世而爲武王是文

王以十五世祖臣事十五世孫紂而武王以十四世祖伐十四世孫而代之王何其繆哉嗚呼堯舜禹湯文武之道百王之取法也其盛德大業見於行事而後世所欲知者孔子皆已論著之矣其久遠難明之事後世不必知不知不害爲君子者孔子皆不道也夫孔子所以爲聖人者其智知所取捨皆如此

後序

余既略論帝王世次而見本紀之失猶謂文武與紂相去十五六世其繆較然不疑而堯舜禹之世相去不遠尚冀其理有可通乃復以尚書孟子孔安國皇

甫謐諸書參考其壽數長短而尤乖戾不能合也據書及諸說云堯壽一百一十六歲舜壽一百一十二歲禹壽百歲堯年十六即位在位七十年年八十六始得舜而試之二年乃使攝政時舜年三十居試攝通三十年而堯崩舜服堯喪三年畢乃即位在位五十年而崩方舜在位三十三年命禹攝政凡十七年而舜崩禹服舜喪三年畢乃即位在位十年而崩由是言之當堯得舜之時堯年八十六舜年三十以此推而上之是堯年五十七已見四世之玄孫生一歲矣舜居試攝及在位通八十二年而禹壽百歲以禹

百年之間推而上之禹即位及居舜喪通十三年又在舜朝八十二年通九十五年則當舜攝試之初年禹纔六歲是舜爲玄孫年三十時見四世之高祖方生六歲矣至於舜娶堯二女據圖爲曾祖姑雖古遠世異與今容有不同然人倫之理乃萬世之常道必不錯亂顛倒之如此然則諸家世次壽數長短之說聖經之所不著者皆不足信也決矣

居士集卷第四十三

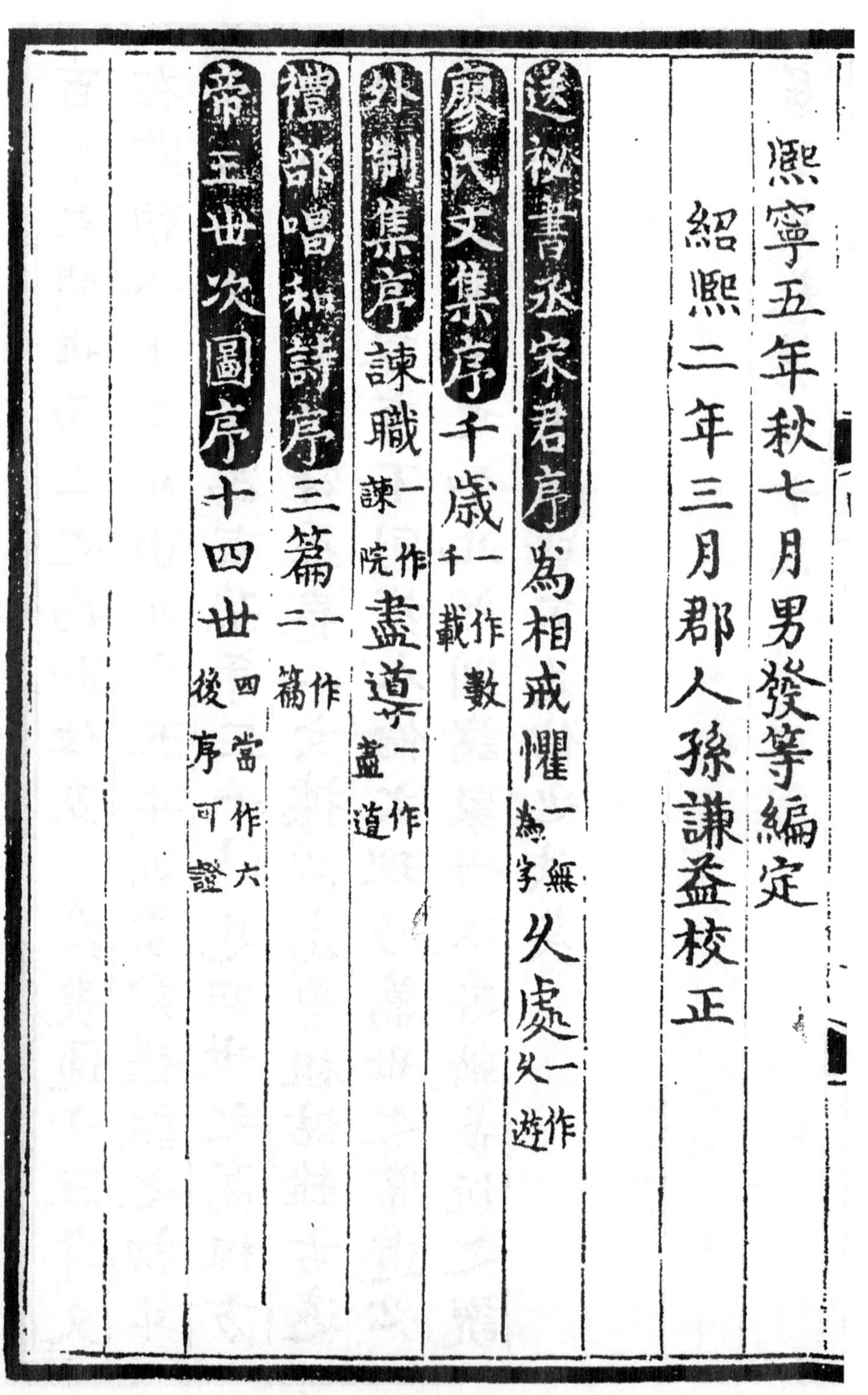

熙寧五年秋七月男發等編定

紹熙二年三月郡人孫謙益校正

送祕書丞宋君序　為相戒懼（一無為字）　久處（一作久遊）

廖氏文集序　千歲（一作千載）　數

外制集序　諫職（一作諫院）　盡道（一作盡道）

禮部唱和詩序　三篇（一作二篇）

帝王世次圖序　十四世（四當作六　後序可證）

居士集卷第四十四　歐陽文忠公集四十四

序六首 傳一首附

思潁詩後序

皇祐元年春，予自廣陵得請來潁，愛其民淳訟簡而物產美，土厚水甘而風氣和，於時慨然已有終焉之意也。爾來俯仰二十年間（一無此字），歷事三朝，竊位二府，寵榮已至而憂患隨之，心志索然而筋骸憊矣。其思潁之念，未嘗（一有一日二字）少忘于心（一無此二字），而意（一作心）之所存，亦時時見於文字也。今者幸蒙寬恩，獲解重任，使得待罪于亳，既釋危機之慮而就閒曠之優，其進退出處顧無所繫於事矣謂可以償夙志者此其時哉因假道于頴蓋將謀（一有葺弊盧以四字）决歸休之計也乃發舊藁得自南京以後詩十餘篇皆思頴之作以見予拳拳於頴者非一日也不類勸飛之鳥然後知還惟恐勒移之靈却回俗駕爾治平四年五月三日廬陵歐陽脩序

歸田録序

歸田録者朝廷之遺事史官之所不記與夫士大夫笑談之餘而可録者録之以備閑居之覽也有聞而誚余者曰何其迂哉子之所學者修仁義以爲業誦

六經以爲言其自待者宜如何而幸蒙人主之知備位朝廷與聞國論者蓋八年于茲矣既不能因時奮身遇事發憤有所建明以爲補益又不能依阿取容以徇世俗使怨嫉謗怒叢于一身以受侮于羣小當其驚風駭浪卒然起於不測之淵而蛟鰐黿鼉之怪方騈首而闖伺乃措身其間以蹈必死之禍賴天子仁聖惻然哀憐脫於垂涎之口而活之以賜其餘生之命曾不聞吐珠銜環效蛇雀之報蓋方其壯也猶無所爲今既老且病矣是終負人主之恩而徒久費大農之錢爲太倉之鼠也爲子計者謂宜乞身于朝

遠引疾去以深戒前日之禍十一字一作退避榮寵而優游田畝盡其天年猶足竊知止之賢名而乃裴回俯仰久之不决此而不思尚何歸田之録乎余起而謝曰凡子之責我者皆是也吾其歸哉子姑待治平四年九月乙未歐陽脩序

仲氏文集序

嗚呼語稱君子知命所謂命其果可知乎貴賤窮亨用捨進退得失成敗其有幸有不幸或當然而不然而皆不知其所以然者則推之於天曰有命夫君子所謂知命者知此而已蓋小人知在我故常無所不

為君子知有命故能無所屈凡士之有材而不用於世有善而不知於人至於老死困窮而不悔者皆推之有命而不求苟合者也余讀仲君之文而想見其人也君諱訥字樸翁其氣剛其學古其材敏其爲文抑揚感激勁正豪邁似其爲人少舉進士官至尚書屯田員外郎而止君生於有宋百年全盛之際儒學文章之士得用之時宜其馳騁上下發揮其所畜振耀於當世而獨韜藏抑鬱久伏而不顯者蓋其不苟屈以合世故世亦莫之知也豈非知命之君子歟余謂君非徒知命而不苟屈亦自負其所有者謂雖抑

於一時必將伸於後世而不可揜也君之既殁富春孫莘老狀其行以告于史臨川王介甫銘之石以藏諸幽而余又序其集以行於世然則君之不苟屈於一時而有待於後世者其不在吾三人者邪噫余雖老且病而言不文其可不勉

觀文殿學士刑部尚書知亳州廬陵歐陽脩序

續思潁詩序

皇祐二年余方留守南都已約梅聖俞買田于潁上其詩曰優游琴酒逐漁釣上下林壑相攀躋及身彊健始爲樂莫待衰病須扶携此蓋余之本志也時年

四十有四其後丁家艱服除還朝遂入翰林爲學士
忽忽七八年間歸潁之志雖未遑也然未甞一日少
忘焉故其詩曰乞身當及彊健時顧我蹉跎已衰老
蓋歎前言之未踐也時年五十有二自是誤被選擢
叨塵二府遂歷三朝蓋自嘉祐治平之間國家多事
固非臣子敢自言其私時也而非才竊位謗咎已盈
賴天子仁聖聰明辨察誣罔始終保全其出處俯仰
十有二年今其年六十有四蓋自有蹉跎之歎又復
一紀矣中間在亳幸遇朝廷無事中外晏然而身又
不當責任以謂臣子可退無嫌之時遂敢以其私言

天子惻然閔其年猶未也謂尚可以勉故奏封十上而六被詔諭未賜允俞今者蒙上哀憐察其實病且衰矣既不責其避事又曲從其便私免并得蔡俾以偷安此君父廓大度之寬仁遂萬物之所欲覆載含容養育之恩也而復蔡頴連疆因得以爲歸老之漸冀少償其夙願茲又莫大之幸焉初陸子履以余自南都至在中書所作十有三篇爲思頴詩以刻于石今又得在亳及青十有七篇以附之蓋自南都至在中書十有八年而得十三篇在亳及青三年而得十有七篇以見余之年益加老病益加衰其日漸短其

心漸追故其言愈多也庶幾覽者知余有志於彊健之時而未償於衰老之後幸不譏其踐言之晚也熙寧三年九月七日六一居士序

江鄰幾文集序

余竊不自揆少習爲銘章因得論次當世賢士大夫功行自明道景祐以來名卿鉅公往往見於余文矣至於朋友故舊平居握手言笑意氣偉然可謂一時之盛而方從其遊遽哭其死遂銘其藏者是可歎也蓋自尹師魯之亡逮今二十五年之間相繼而殁爲之銘者至二十人又有余不及銘與雖銘而非交且

舊者皆不與焉嗚呼何其多也不獨善人君子難得易失而交游零落如此反顧身世死生盛衰之際又可悲夫而其間又有不幸罹憂患觸網羅至困阨流離以死與夫仕宦連蹇志不獲伸而殁獨其文章尚見於世者則又可哀也歟然則雖其殘篇斷藁猶爲可惜況其可以垂世而行遠也故余於聖俞子美之殁既已銘其壙又類集其文而序之其言尤感切而殷勤者以此也陳留江君鄰幾常與聖俞子美遊而又與聖俞同時以卒余既誌而銘之後十有五年來守淮西又於其家得其文集而序之鄰幾毅然仁厚

君子也雖知名於時仕宦久而不進晚而朝廷方將用之未及而卒其學問通博文辭雅正深粹而論議多所發明詩尤清淡閑肆可喜然其文已自行於世矣固不待余言以爲輕重而余特區區於是者蓋發於有感而云然熙寧四年三月日六一居士序

薛簡肅公文集序

君子之學或施之事業或見於文章而常患於難兼也蓋遭時之士功烈顯於朝廷名譽光於竹帛故其常視文章爲末事而又有不暇與不能者焉至於失志之人窮居隱約苦心危慮而極於精思與其有所

感激發憤惟無所施於世者皆一寓於文辭故曰窮者之言易工也如唐之劉柳無稱於事業而姚宋不見於文章彼四人者猶不能於（一無此字）兩得況其下者乎惟簡肅公在真宗時以材能爲名臣仁宗母后時以剛毅正直爲賢輔其決大事定大議嘉謀讜論著在國史而遺風餘烈至今稱於士大夫公絳州正平人也自少以文行推於鄉里既舉進士獻其文百軸於有司由是名動京師其平生所爲文至八百餘篇何其盛哉可謂兼於兩得也公之事業顯矣其於文章氣質純深而勁正蓋發於其志故如其爲人公有

子直孺早卒無後以其弟之子仲孺公期爲後公之文既多而往往流散於人間公期能力收拾蓋自公薨後三十年始克類次而集之爲四十卷公期可謂能世其家者也嗚呼公爲有後矣熙寧四年五月日序

六一居士傳

六一居士初謫滁山自號醉翁既老而衰且病將退休於潁水之上則又更號六一居士客有問曰六一何謂也居士曰吾家藏書一萬卷集録三代以來金石遺文一千卷有琴一張有碁一局而常置酒一壺

客曰：是爲五一爾，奈何？居士曰：以吾一翁老（一作老翁）於此五物之間，是豈不爲六一乎？客笑曰：子欲逃名者乎，而屢易其號，此莊生所誚畏影而走乎日中者也。余将見子疾走大喘渴死，而名不得逃也。居士曰：吾固知名之不可逃，然亦知夫不必逃也。吾爲此名，聊以志吾之樂爾。客曰：其樂如何？居士曰：吾之樂可勝道哉！方其得意於五物也，太山在前而不見，疾雷破柱而不驚，雖響九奏於洞庭之野，閲大戰於涿鹿之原，未足喻其樂且適也。然常患不得極吾樂於其間者，世事之爲吾累者衆也。其大者有二焉，軒裳珪組勞吾形于外，憂患思慮勞吾心於内，使吾形不病而已悴，心未老而先衰，尚何暇於五物哉？雖然，吾自（一作方）乞其身於朝者三年矣，一日天子惻然哀之，賜其骸骨，使得與此五物偕返於田廬，庶幾償其夙願焉，此吾之所以志也。客復笑曰：子知軒裳珪組之累其形，而不知五物之累其心乎？居士曰：不然。累於彼者已勞矣，又多憂；累於此者既佚矣，幸無患。吾其何擇哉？於是與客俱起，握手大笑曰：置之，區區不足較也。已而歎曰：夫士少而仕，老而休，蓋有不待七十者矣。吾素慕之（二字一作志），宜去一也。吾嘗用於時矣，而訖無稱焉宜去二也壯猶如此今既老且病矣乃以難彊之筋骸貪過分之榮禄是將違其素志而自食其言宜去三也吾負三宜去雖無五物其去宜矣復何道哉熙寧三年九月七日六一居士自傳

居士集卷第四十四

熙寧五年秋七月男發等編定

紹熙二年三月郡人孫謙益校正

歸田録序 怨嫉一作怨恨 無所一作無可

六一居士傳 曰吾家三字上一有對字 所謂一作所謂 聊以一作所以

無稱一作無補

居士集卷第四十五　歐陽文忠公集四十五

上書一首

通進司上書

十二月二十四日宣德郎守太子中允充館閣校勘臣歐陽脩謹昧死再拜上書于皇帝闕下臣伏見國家自元昊叛逆關西用兵以來爲國言事者衆矣臣初竊爲三策以料賊情然臣迂儒不識兵之大計始猶遲疑未敢自信今兵興既久賊形已露如臣素料頗不甚遠故竊自謂有可以助萬一而塵聽覽者謹條以聞惟陛下仁聖寬其狂妄之誅幸甚夫關西弛

備而民不見兵者二三十年矣使賊萌亂之初藏形隱計卒然而來當是時吾之邊也寡弱城堡未完民習久安而易驚將非素選而敗怯使其羊驅豕突可以奮然而深入然國威未挫民力未疲彼得城而居不能久守虜掠而去可邀擊其歸此下策也故賊知而不爲之戎狄侵邊自古爲患其攻城掠野敗則走而勝則來蓋其常事此中策也故賊兼而用之若夫假僭名號以威其衆先擊吾之易取者一二以悦其心然後訓養精鋭爲長久之謀故其來也雖勝而不前不敗而自退所以誘吾兵而勞之也或擊吾東或

擊吾西乍出乍入所以使吾兵分備多而不得減息也吾欲速攻賊方新銳坐而待戰彼則不來如此相持不三四歲吾兵已老民力已疲不幸又遇水旱之災調斂不勝而盜賊羣起彼方奮其全銳擊吾困弊可也使吾不堪其困忿而出攻決於一戰彼以逸而待吾勞亦可也幸吾若兵計未知出遂求通聘以邀歲時之賂度吾困急不得不從亦可也是吾力一困則賊謀無施而不可此兵法所謂不戰而疲人兵者上策也而賊今方用之今三十萬之兵食於西者二歲矣又有十四五萬之鄉兵不耕而自食其民自古

未有四五十萬之兵連年仰食而國力不困者也臣聞元昊之爲賊威能畏其下恩能死其人自初僭叛嫚書已上逾年而不出一出則鋒不可當執劫蕃官獲吾將帥多禮而不殺此其兇謀所畜皆非倉卒者也柰何彼能以上策而疲吾吾不自知其已困彼爲久計以撓我我無長策而制之哉夫訓兵養士伺隙乘便用間出奇此將帥之職也所謂閫外之事而君不御者可也至於外料賊謀之心内察國家之勢知彼知此因謀制敵此朝廷之大計也所謂廟筭而勝者也不可以不思今賊謀可知以久而疲我耳吾勢

可察西人已困也誠能豐財積粟以紓西人而完國壯兵則賊謀沮而廟筭得矣夫兵攻守而已然皆以財用爲彊弱也守非財用而不久此不待言請試言攻昔秦席六世之彊資以事胡卒困天下而不得志漢因文景之富力三舉而纔得河南隋唐突厥吐蕃常與中國相勝敗擊而勝之有矣未有舉而滅者秦漢尤彊者其所攻今元昊之地是也況自劉平陷沒賊鋒熾鋭未嘗挫衄攻守之計非臣所知天威所加雖終期於掃蕩然臨邊之將尚未聞得賊釁隙挫其兇鋒是攻守皆未有休息之期而財用不爲長久之

計臣未見其可也四五十萬之人坐而仰食然關西之地物不加多關東所有莫能運致掊克細碎既以無益而罷之矣至於鬻官入粟下無應者改法權貨而商旅不行是四五十萬之人惟取足於西人而已西人何爲而不困困而不起爲盜者須水旱尓外爲賊謀之所疲内遭水旱而多故天下之患可勝道哉夫關西之物不能加多則必通其漕運而致之漕運已通而關東之物不充則無得而西矣故臣以謂通漕運盡地利權商賈三術並施則財用足而西人紓國力完而兵可久以守以攻惟上所使夫小瑣目前

之利既不足爲長久之謀，非旦夕而可効，故爲長久而計者，初若迂愚而可笑，在必而行之，則其利博矣。故臣區區不敢避迂愚之責，請上便宜三事，惟陛下裁擇。其一曰通漕運。臣聞今爲西計者，皆患漕運之不通，臣以謂但未求之耳。今京師在汴，漕運不西，而人之習見者，遂以爲不能西，不知秦、漢、隋、唐其都在雍，則天下之物皆可致之西也。山川地形非有變易於古，其路皆在，昔人可行，今人胡一作何爲而不可？漢初歲漕山東粟數十萬石，是時運路未修，其漕尚少。其後武帝益修渭渠，至漕百餘萬石。隋文帝時沿水爲倉轉相運置而關東汾晉之粟皆至渭南運物最多其遺倉之迹往往皆在然皆尚有三門之險自唐裴耀卿又尋隋迹於三門東西置倉開山十八里爲陸運以避其險卒泝河而入渭當時歲運不減二三百萬石其後劉晏遵耀卿之路悉漕江淮之米以實關西後世言能經財利而善漕運者耀卿與晏爲首今江淮之米歲入于汴者六百萬石誠能分給關西得一二百萬石足矣今兵之食汴漕者出戍甚衆有司不惜百萬之粟分而及之其患者三門阻其中尔今宜浚治汴渠使歲運不阻然後按求耀卿之迹不

憚十許里陸運之勞則河漕通而物可致且紓關西之困使古無法今有可爲尚當爲之況昔人行之而未遠今人行之而豈難哉耀卿與晏初理漕時其得尚少至其末年所入十倍是可久行之法明矣此水運之利也臣聞漢高祖之入秦不由東關而道南陽過酈析而入武關曹操等起兵誅董卓亦欲自南陽道丹析而入長安是時張濟又自長安出武關奔南陽則自古用兵往來之徑也臣嘗至南陽問其遺老云自鄧西北至永興六七百里今小商賈往往行之初漢高入關其兵十萬夫能容十萬兵之路宜不甚

狹而險也但自雒陽爲都行者皆趨東關其路久而遂廢今能按求而通之則武昌漢陽郢復襄陽梁洋金商均房光化沿漢之地十一二州之物皆可漕而頓之南陽自南陽爲輕車人輦而遞之募置遞兵爲十五六鋪則十餘州之物日日入關而不絶沿漢之地山多美木近漢之民仰足而有餘以造舟車甚不難也前日陛下深恤有司之勤内賜禁錢數十萬以供西用而道路艱遠輦運逾年不能畢至至於軍裝輸送多苦秋霖邊州已寒冬服尚滯於路其艱如此夫使州縣綱吏遠輸京師轉冒艱滯然後得西豈若

較南陽之旁郡度其道里入于武關與至京師遠近等者與其左近者皆使直輸于關西京師之用有不足則以禁帑出賜有司者代而充用其迂曲簡直利害較然矣此陸運之利也其二曰盡地利臣聞昔之畫財利者易爲工今之言財利者難爲術昔者之民賦稅而已故其不足則鑄山煑海榷酒與茶征關市而筭舟車尚有可爲之法以苟一時之用自漢魏迄今其法日增其取益細今取民之法盡矣昔者賦外之征以備有事之用今盡取民之法用於無事之時悉以冗費而糜之矣至卒然有事則無法可增然獨

猶有可爲者民作而輸官者已勞而游手之人方逸地之産物者耕不得代而不墾之土尚多是民有遺力地有遺利此可爲也况歷視前世用兵者未嘗不先營田漢武帝時兵興用乏趙過爲畎田人犂之法以足用趙充國攻西羌議者爭欲出擊而充國深思全勝之策能忍而待其斃至違詔罷兵而治屯田於極邊以遊兵而防鈔寇則其理田不爲易也猶勉爲之後漢之時曹操屯兵許下彊敵四面以今視之疑其旦夕戰爭而不暇然用棗祗韓浩之計建置田官募民而田近許之地歲得穀百萬石其後郡國比

田積穀無數隋唐田制尤廣不可勝舉其勢艱而難田莫若充國迫急而不暇田莫如曹操然皆勉焉不以迂緩而不田者知地利之博而可以紓民勞也今天下之土不耕者多矣臣未能悉言謹舉其近者自京以西土之不闢者不知其數非土之瘠而棄也蓋人不勤農與夫役重而逃爾久廢之地其利數倍於營田今若督之使勤與免其役則願耕者衆矣臣聞鄉兵之不便於民議者方論之矣充兵之人遂棄農業託云教習聚而飲博取資一有於字其家不顧無有官吏不加禁父兄不敢詰家家自以爲患也河東河北

關西之鄉兵此猶有用若京東西者平居不足以備盜而水旱適足以爲盜其尤可患者京西素貧之地非有山澤之饒民惟力農是仰而今三夫之家一人五夫之家三人爲游手凡十八九州以少言之尚可四五萬人不耕而食是自相糜耗而重困也今誠能盡驅之使耕于棄地官貸其種歲田之入與中分之如民之法募吏之習田者爲田官優其課最而誘之則民願田者衆矣太宗皇帝時嘗貸陳蔡民錢使市牛而耕真宗皇帝時亦用耿望之言買牛湖南而治屯田今湖南之牛歲賈于北者皆出京西若官爲買

之不難得也一有又宜重爲法以因所謂私牛之害者使不害於民而樂爲官耕凡民之已有牛者使自耕則牛不足而官市者不多四十四字且鄉兵本農也籍而爲兵遂棄其業今幸其去農未久尚可復驅還之田畝使不得羣游而飲博以爲父兄之患此民所願也一夫之力以逸而言任耕緩田一頃使四五萬人皆耕而久廢之田利又數倍則歲穀不可勝數矣京西之分北有大河南至漢而西接關若又通其水陸之運所在積穀惟陛下詔有司而移用之耳其三曰權商賈

臣聞秦廢王法啓兼并其上侵公利下刻細民爲國之患久矣自漢以來嘗欲爲法而抑奪之然不能也

蓋爲國者興利日繁兼并者趨利日巧至其甚也商賈坐而權國利其故非他由興利廣也夫興利廣則上難專必與下而共之然後通流而不滯然爲今議者方欲奪商之利一歸於公上而專之故奪商之謀益深則爲國之利益損前日有司屢變其法法每一變則一歲之間所損數百萬議者不知利不可專欲專而反損但云變法之未當變而不已其損愈多夫欲十分之利皆歸于公至其虧少十不得三不若與商共之常得其五也今爲國之利多者茶與鹽耳茶自變法已來商賈不復一歲之失數年莫補所在精

朽棄而焚之前日議者屢言三説之法爲便有司既以詳之矣今誠能復之使商賈有利而通行則上下濟矣解池之鹽積若山阜今宜暫下其價誘羣商而散之先爲令曰三年將復舊價則貪利之商爭先而湊矣夫茶者生於山而無窮鹽者出於水而不竭賤而散之三年十未減其一二夫二物之所以貴者以能爲國資錢幣尔今不散而積之是惜朽壞也夫何用哉夫大商之能蓄其貨者豈其錙銖躬自鬻於市哉必有販夫小賈就而分之販夫小賈無利則不爲故大商不妬販夫之分其利者恃其貨博雖取利少

貨行流速則積少而爲多也今爲大國者有無窮不竭之貨反姤大商之分其利寧使無用而積爲朽壤何哉故大商之善爲術者不惜其利而誘販夫大國之善爲術者不惜其利而誘大商此與商賈共利取少而致多之術也一有又今商賈之難以術制者以其積貨多而不急故也利厚則來利薄則止不可以號令召也故每有司變法下利既薄小商以無利而不能行則大商方幸小商之不行適得獨賣其貨尚安肯急趨薄利而來哉故變法而剗利者適足使小商不來而爲大商賈積貨也今必以術制商宜盡括其居積之物官爲賣而還之使其貨盡而後變法夫大商以利爲生一歲不嘗利則有惶惶之憂彼必不能守積錢而閑居得利雖薄猶將急而來此變法制商之術也夫欲誘商而通貨莫若與之共利此術之上也欲制商使其不得不從則莫若痛裁之使無積貨此術之下也然此可制茶商耳

若鹽者禁益密則冒法愈多而刑繁凡二百三十八字若乃縣官自爲鬻市之事此大商之不爲臣謂行之難久者也誠能不較錙銖而思遠大則積朽之物散而錢幣通可不勞而用足矣臣愚不足以知時事若夫堅守以扞賊利則出而擾之凡小便宜願且委之邊將至於積穀與錢通其漕運不二三歲而國力漸豐邊兵漸習賊銳漸挫而有隙可乘然後一舉而滅之此萬全之策也願陛下以其小者責將帥謀其大計而行之則天下幸甚

臣脩昧死再拜

居士集卷第四十五

熙寧五年秋七月男發等編定

紹熙二年三月郡人孫謙益校正

通進司上書

財用足一作財足用耕于一作耕於大商之不爲一作不自爲

居士集卷第四十六　歐陽文忠公集四十六

上書一首

準詔言事上書（一作上封事）

月日，臣脩謹昧死再拜上書于皇帝陛下：臣近準詔書，許臣上書（一作許以封章）言事。臣學識愚淺（一作昧），不能廣引深遠以明治亂之原，謹採當今急務條爲三弊五事，以應詔書所求，伏惟陛下裁擇。臣聞自古王者之治天下，雖有憂勤之心，而不知致治之要，則心愈勞而事愈乖；雖有納諫之明，而無力行之果斷，則言愈多而聽愈惑。故爲人君者，以細務而責人，專大事而獨斷此致治之要術（一無此字）也納一言而可用雖衆說（一作議）不得以沮（一作汨）之此力行之果斷也知此二者天下無難治矣（一本治作致理）伏見國家自大兵一動中外（一作天下）騷然陛下思社稷之安危念兵民之疲（一作困）弊四五年來聖心憂勞（一作勤）可謂至矣然而兵日益老賊日益彊併九州之力討（一作平）一西戎小者尚無一人敢前今又北戎大者違盟而動（一作妄作）其將何以禦之從來所患者夷狄今夷狄叛矣所惡者盜賊今盜賊起矣所憂者水旱今水旱作矣所賴（一作仰）者民力今民力困矣所須（一作急）者財用今財用乏矣陛下之

心日憂於一日天下之勢歲危於一歲此臣所謂用心雖勞不知求致治之要者也近年朝廷開發一作雖廣言路獻計之士不下數千然而事緒轉多枝捂不暇從前所採衆議紛紜至於臨事誰策可用此臣所謂聽言雖多不如力行之果斷者也伏思聖心所甚憂而當今所尚一作最闕者不過曰無兵也無將也無財用也無禦戎之策也無可任之臣也此五者陛下憂其未有而臣謂今皆有之然陛下未得而用者未思其術也國家創業之初四方割據中國地狹兵民不多之然尚能南取荊楚收僞唐定閩嶺西平兩蜀東下并

潞北窺幽燕當時所用兵財將吏其數幾何惟善用之故不覺其少何況一作豈如今日承百年祖宗之業盡有天下之富彊人衆物盛十倍國初故臣敢言有兵有將有財用有禦戎之策有可任一有用字之臣然陛下皆不得而用者其故何哉由朝廷有三大弊故也何謂三一有大字弊一曰不慎號令二曰不明賞罰三曰不責功實此三弊因循於上則萬事弛慢廢壞於下臣聞號令者天子之威也賞罰者天子之權也若號令一有煩而二字不信賞罰一有行而二字不當則天下不服故又須責臣下以功實然後號令不虛出而賞罰不濫行是

以慎號令明賞罰責功實此三者帝王之奇術也自古人君英雄如漢武帝聰明如唐太宗皆知用一作皆能知此三術而自執威權之柄故一有二帝二字所求無不得所欲皆如意漢武好用兵則誅滅四夷立功萬里以快其心欲求將則有衛霍之材以供其指使欲得賢士則有公孫董汲之徒以稱其意唐太宗好用兵則誅突厥服遼東威振夷狄以逞其志欲求將則有李靖李勣之徒一作傳入其駕馭欲得賢士則有房杜之徒一作輩在其左右此二帝者一有凡有所為後世莫及八字可謂所求無不得所欲皆如意無他術也惟能自執威權之

柄耳。伏惟陛下以聖明之姿超出（一作越）二帝，又盡有漢唐之天下，然而欲禦邊則常患無兵，欲破賊則常患無將，欲贍軍則常患無財用，欲威服四夷則常患無策，欲任使賢材則常患無人，是所求皆不得，所欲皆不如意。其故無他，由不用威權之術也。自古帝王或爲強臣所制，或爲小人所惑，則威權不得出於己。今朝無強臣之患，旁無小人偏任之溺（一作又無小人獨任之惑），内外臣庶尊陛下如天，愛陛下如父，傾耳延首顒（一有聽字）陛下之所爲，然何所憚而不爲乎（一作何憚而又不爲哉）？若一日赫然執（一作奮）威權以臨之，則（一作可使）萬事皆辦，何患五者之無柰何爲三弊之因循一事之不集臣請言三弊夫言多變則（一有俗字）不信令頻改則（一有下字）難從（一作入）令出令之初不加詳審行之未久尋又更張以不信之言行難從之令故每有處置之事州縣（一作天下）知朝廷未是一定之命則官吏或（一作咸）相謂曰且未要（一作可）行不久必須更改或曰備禮行下略與應破指揮旦夕之間果然又變至於將（一作官）吏更易道路疲於送迎符（一作文）牒縱横上下莫能遵守（一作稟）中外臣庶（一作官吏軍民）或聞而歎息或聞而竊笑歎息者有憂天下之心竊笑者有輕朝廷之意號令如此欲威天

下其可得乎此不愼號令之弊一有一字也用人之術不
過賞罰一作古今用人之法不過賞罰而已用人一作人君然賞及無功則恩
不足勸罰失有罪則威無所懼雖有人不可用矣一作
也太祖時一作臣嘗聞太祖皇帝時王全斌破蜀而歸功不細矣
犯法一貶十年不問是時方討江南故黜全斌與諸
將立法一有及江南已下乃復其官九字太祖神武英斷所以能平
定天下者其賞罰之法一作分明皆如此也昨一作自關西
用兵四五年矣一有賞罰之際是非莫分八字大將以無功罷者依
舊居官軍中見無功者不妨得好官則諸將誰肯立
功矣裨將畏懦逗留者皆當斬罪或暫貶而尋遷或

不貶而依舊軍中見有罪者不誅則諸將誰肯用命矣所謂賞不足勸威（一作罰）無所懼賞罰如此而欲用人其可得乎此不明賞罰之弊（一有二字）也自兵動以來處置之事不少然多有名而無實臣請略言其一二則其他可知數年以來點兵不絕諸路之民半爲兵矣其間老弱病患短小怯懦者不可勝數（一有兵額空多所用者少八字）是有點兵之虚名而無得兵之實數（一作効）也新集之兵所在教習追呼上下民不安居主教者非將領之材所教者無旗鼓之節（一作法）往來州縣愁（一作怨）嘆嗷嗷既多是老病小怯（一作弱小懦）之人又無訓齊精

練之法（一作術）此有教兵之虛名而無訓兵之實藝（一作効）也諸路州軍分造器械（一作諸州所造器械數不少矣）工作之際已勞民力輦運般送又苦道塗（一作路）然而鐵刃不剛（一作鋼）筋膠不固長短大小多不中度造作之所但務充數而速了不計所用之不堪經歷官司又無撿責此有器械之虛名而無器械之實用也以草草（一作無實）之法教老（一作小）怯之兵執鈍折不堪之器械百戰百敗理在不疑臨事而悟何可及乎故事無大小悉皆鹵莽則不責功實之弊（一有三字）也臣故曰三弊因循於上則萬事弛慢廢壞於下萬事不可盡言臣請（一有直字）

言（一有其字）大者五事其一曰兵臣聞攻人以謀不以力用兵鬭智不鬭多前代用兵之人多者常敗少者常勝漢王尋等以百萬之兵遇光武九千人而敗是多者敗而少者勝也苻堅以百萬之兵遇東晉二三萬人而敗是多者敗而少者勝也曹操以三十萬青州兵大敗於呂布退而歸許復以二萬人破袁紹十四五萬（一作四十萬人）是用兵多則敗少則勝之明驗也況於夷狄尤難以力爭只可以計取李靖破突厥於定襄只用三千人其後破頡利於陰山亦不過一萬（一作萬人）（下有其佗以三五千人立功塞外者不可悉數十六字）蓋兵不在多能以計取

一作能用計爾故善用兵者以少一有而字爲多不善用者雖多而愈少也一無此字爲今計者一作臣謂方今添兵則耗國滅兵則破賊今沿邊之兵不下七八十萬可謂多矣然訓練不精又有老弱虛數則十人不當一人是七八十萬之兵不當七八萬人之用加又一作之軍無統制分散支離分多爲寡兵法所忌此所謂不善用兵者雖多而愈少故常戰而常敗也臣願陛下赫然奮威勑勵諸將精加訓練去其老弱七八十萬中可得一有四字五十萬數古人用兵以一當百今既未能但得以一當十則五十萬精兵二字一作數可當五百萬兵之用

此所謂善用兵者以少而爲多，古人所以少而常勝者以此也。今不思實効，但務添多，耗國耗民，積以年歲（一作還延日月），賊雖不至，天下已困矣。此一事也。其二曰將臣。又聞古語曰：將相無種。故或出於奴僕，或出於軍卒（一作或出於士，或出於卒伍，或出於奴僕），或出於盜賊，惟能不次而用之，乃爲名將耳。國家求將之意雖勞（一作切），選將之路太狹。今詔近臣舉將，而限以資品，則英豪之士在下位者不可得矣。試將材者限以弓馬一夫之勇，則智略萬人之敵皆遺之矣。山林奇傑之士召而至者，以其貧賤而薄之，不遇與一主簿借職，使其（一作之）快快而去則古之屠釣飯牛之傑皆激怒而失之矣至於無人可用則寧用龍鍾跛躄庸懦暗劣之徒皆（一有委之要地四字）授之兵柄天下三尺童子皆爲朝廷危之前日澶淵之卒幾爲國家生事此可見也議者不知取將之無術但云當今之無將臣願陛下革去舊弊奮然精求有賢豪之士不須限以下位有智略之人不必試以弓馬有山林之傑不可薄其貧賤惟陛下能以非常之禮待人人臣亦將以非常之効報國（一作爲報）（又下有又何患於無將哉一句）此二事也其三曰財用臣又聞善治病者必醫其受病之處善救弊者必尋（一作塞）其起弊

之源今天下財用困之其弊安在起於用兵一作兵興而費大故也漢武好窮兵用盡累世之財當時勤兵單于臺不過十八萬一作十萬人尚能困其一無其字國力況未若一無二字今日七八十萬連四五年而不罷一作解所以罄天地之所生竭萬民之膏血而用不足也今雖有智者物不能增而計無所出矣惟有減冗卒之虛費練精兵而速戰功成兵罷自然足矣今兵有可減之理一有而字無人敢當其事賊有速擊之便一有而字無將一作人敢奮其勇後時敗事徒耗國而耗民一有惟陛下以威權督責之乃有期耳二句此三事也其四曰禦戎之策臣又聞兵法

曰上兵伐謀其次伐交北虜與朝廷通好僅四十年不敢妄動今一旦發其狂謀者其意何在蓋見中國頻為元昊所敗故敢啓其貪心伺隙而動尒今若勑勵諸將選兵秣馬疾入西界但能痛敗昊賊一陣則吾軍威大振而虜計沮矣此所謂上兵伐謀者也今詗（一作論）事者皆知北虜與西賊通謀欲併二國之力窺我河北陝西（一有若使二虜並寇則難以力支十一字）今若我能先擊敗其一國則虜勢減半不能獨舉此兵法所謂伐交者也元昊地狹賊兵不多向來攻我傳聞北虜常有助兵今若虜中自有點集之謀而元昊驟然被擊必

求助於北虜北虜分兵助昊則可牽其南寇之力若不助昊則二國有隙自相疑貳此亦伐交之策也假令二國剋期分路來寇我能先期大舉則元昊蒼皇自救不暇豈能與北虜相爲表裏是破其素定之約乘其剋日之期此兵法所謂親而離之者亦伐交之策也元昊叛逆以來幸而屢勝常有輕視諸將之心今又見朝廷北憂戎虜方經營於河朔必謂我師不能西出今乘其驕怠正是疾驅急擊之時此兵法所謂出其不意者此（一無此字）取則之上策也前年西將有請出攻者當時賊氣力（一無力字）方盛我兵未練朝廷尚

許其出師況今元昊有可攻之勢此不可失之時彼方幸吾憂河北而不虞我能西征出其不意此可攻之勢也自四路分帥今已半年訓練恩信兵已可用故近日屢奏小捷是我師漸振賊氣漸衂此可攻之勢也苟失此時而使二虜先來則吾無策矣臣願陛下（一有不以臣言爲狂瞽七字）詔執事之臣熟（一作詔四路之帥協）議而行之此四事也其五曰可任之臣臣又聞仲尼曰十室之邑必有忠信況今文武列職（一作文武常選之官盈於朝廷）徧於天下其間豈無材智之臣而陛下總治萬機之大既不暇盡識其人故不能躬自進賢而退不肖執政大

臣動拘舊例，又不敢進賢而退不肖。審官、吏部、三班之職，但掌文簿差除而已，又不敢越次進賢而退不肖。是上自天子，下至有司，無一人得進賢而退不肖者，所以賢愚混雜，僥倖相容，三載一遷，更無旌別。平居無事，惟患太多而差遣（一作除）不行；一旦臨事，要人常患乏之人使用。自古任官之法，無如今日之繆也。今議者或謂（一有以字）舉主轉官爲進賢，犯罪黜責爲退不肖，此不知其弊之深也。大凡善惡之人，各以類聚。故守廉慎者各舉清幹之人（一無上十字），有贓汙者各舉貪濁之人，好徇私者各舉請（一作好財利者各舉誅）求之人，性庸暗者各舉不材之人一有守廉飾者乃舉公幹之人十字朝廷不問是非但見舉主數足便與改官則清一作公幹者進矣貪濁者亦進矣請一作誅求者亦進矣不材者亦進矣混淆如此便可為進賢之法乎方今黜責官吏豈有澄清糾舉之術哉惟犯贓之人因民論訴者乃能黜之耳夫能舞弄文法而求財賂者亦強黠之吏政事必由己出故雖誅剝豪民尚或不及貧弱至於不材之人不能主事衆胥羣吏共為姦欺則民無貧富一時受弊以此而言則贓吏與不材之人為害等耳今贓吏因自敗者乃加黜責十不去其一二至於不材之

人上下共知而不問寬緩容姦其弊如此便可爲退不肖之法乎賢不肖既無別則宜乎設官雖多而無人可用也臣願陛下明賞罰責功實則材（一有不材二字）皆列於陛下之前矣臣故曰五者皆有然陛下不得而用者爲有弊也三弊五事臣既已詳言之矣惟陛下擇之天下之務不過此也方今天文變於上地理逆於下人心怨於内四夷攻於外事勢如此矣非是陛下遲疑寬緩之時惟願爲社稷生民留意（一作惟陛下留計狂直甘伏誅矣）臣脩昧死再拜

居士集卷第四十六

熙寧五年秋七月男發等編定

紹熙二年三月郡人孫謙益校正

準詔言事伏見（一作臣伏見）所採（一作年來）伏思（一作臣伏思）惟善（一作蓋善）其少（此下一有也字）敢言（一作敢曰）漢武好用兵（一作漢武帝）立功（一作收功）服遠（一作破遠）威振夷狄（一作威加四海）房杜（一作王魏房杜）欲贍軍則常患無財用（一作欲贍軍富國則常患無財）今朝（一作方今外）一事之不集（此上一有而字）十年不聞（此下一有蓋字）皆當斬罪（一作法皆當斬）所謂賞（所一作是）言其一二（言一作舉）造作（二字上一有蓋字）則不責功（則一作此）王尋等以百萬之兵（兵一作師）九千人（九一作六）苻堅以百萬之兵（兵一作衆）只用三千人（用字下一有兵字）愈少（一作爲少）破賊（一作破虜）不當七八萬（當一作得）勑勵（勑一作飭）至於無人可用（至於一作以至）授之（一作授以）賢豪（一作英豪）漢武好（一作昔漢武帝好）

勒兵（一作耀兵）勑勵（勑一作督）仲尼曰（一作語曰）豈無材智之臣（一作非無材智之人）動拘舊例（拘一作循）糾舉之術（一作糾察之法）寬緩容姦（緩一作縱）天文變（一作天災見）於外（一作其外）事勢（一作事理）

右言事書凡一作者皆江鈿文海本疑是初豪不若集本之善故難盡從姑摘其大槩如此後人亦可推公改定之意矣

書八首

荅陝西安撫使范龍圖辭辟命書

脩頓首再拜啓急腳一作步至得七月十九日華州所發書伏審即日尊體動止萬福一有卑情不任欣慰之至八字戎狄侵邊自古常事邊吏無狀至煩大賢伏惟執事忠義之節信於天下天下之士得一識面者退誇於人以爲榮耀至於游談布衣之賤往往竊託門下之名矧今以大謀小以順取逆濟以明哲之才有必成功之勢則士之好功名者於此爲時孰不願出所長少助

萬一得託附以成其名哉況聞狂虜猖蹶屢有斥指之詞加之輕侮購募之辱至於執戮將吏殺害邊民凡此數事在於脩筆尤爲憤恥每一思之中夜三起不幸脩無所能徒以少喜文字過爲世俗見許此豈足以當大君子之舉哉若夫參決軍謀經畫財利料敵制勝在於幕府苟不乏人則軍書奏記（一有之拙三字）一末事耳有不待脩而堪者矣由此始敢以親爲辭況今世人所謂四六者非脩所好少爲進士時不免作之自及第遂棄不復作在西京佐三相幕府於職當作亦不爲作此師魯所見今廢已久懼無好辭以

辱嘉命此一端也一本此下云某雖儒生不知兵事竊惟兵法有勇有怯必較彼我之利否事之如何要在成功不限遲速某近至京師屢詣諸公問畧聞緒言攻守之計此實當時之宜非深思遠見者孰能至此願不爲浮議所移伏見自至關西辟士甚衆古人所與成事者必有國士共之非惟在上者以知人爲難士雖貧賤以身許人固亦未易欲其盡死必深相知知之不盡士不爲用今奇怪豪儁之士往往蒙見收擇顧用之如何亦一有此在明哲豈須獻言然尚一作但慮山林草莽有挺特知義慷慨自重之士未得出於門下也宜少一作亦宜思焉若脩者恨無他才以當長者之用非敢効庸人苟且樂安佚也一本此下云伏蒙示書夏公又以見舉某孤賤素未

嘗登其門非執事過見襃稱何以及此愧畏然甚已以親老爲辭更無可往之理惟幸察一有焉字

答李詡第一書

脩白人至辱書及性詮三篇曰以質其果是一有非字夫自信篤者無所待於人有質於人者自疑者也今吾子自謂夫子與孟荀楊韓復生不能奪吾言其可謂自信不疑者矣而返以質於脩使脩有過於夫子者乃可爲一作與吾子辯況脩未及孟荀楊韓之一二也脩非知道者好學而未至者也世無師久矣尚賴朋友切磋之益苟不自滿而中止庶幾終身而有成固常樂與學者論議往來非敢以益於人蓋求益於人

者也况如吾子之文章論議豈易得哉固樂為（一作與）吾子辯也苟尚有所疑敢不盡其所學以告既吾子之自信如是雖夫子不能奪使脩何所説焉人還索書未知所荅慚惕慚惕脩再拜

荅李詡第二書

脩白前辱示書及性詮三篇見吾子好學善辯而文能盡其意之詳今世之言性者多矣有所不及也故思與吾子卒其説脩患世之學者多言性故常為説曰夫性非學者之所急而聖人之所罕言也易六十四卦不言性其言者動靜得失吉凶之常理也春秋

二百四十二年不言性其言者善惡是非之實録也詩三百五篇不言性其言者政教興衰之美刺也書五十九篇不言性其言者堯舜三代之治亂也禮樂之書雖不完而雜出於諸儒之記然其大要治國脩身之法也六經之所載皆人事之切於世者是以言之甚詳至於性也百不一二言之或因言而及焉非爲性而言也故雖言而不究予之所謂不言者非謂絶而無言蓋其言者鮮而又不主於性而言也論語所載七十二子之問於孔子者問孝問忠問仁義問禮樂問脩身問爲政問朋友問鬼神者有矣未嘗有

問性者孔子之告其弟子者凡數十言其及於性者一言而已予故曰非學者之所急而聖人之罕言也書曰習與性成語曰性相近習相遠者戒人慎所習而言也中庸曰天命之謂性率性之謂道者明性無常必有以率之也樂記亦曰感物而動性之欲者明物之感人無不至也然終不言性果善果惡但戒人慎所習與所感而勤其所以率之者爾予故曰因言以及之而不究也脩少好學知學之難凡所謂六經之所載七十二子之所問者學之終身有不能達者矣於其所達行之終身有不能至者矣以予之汲汲

於此而不暇乎其他因以知七十二子亦以是汲汲而不暇也又以知聖人所以教人垂世亦皇皇而不暇也今之學者於古聖賢所皇皇汲汲者學之行之或未至其一二而好爲性説以窮聖賢之所罕言而不究者執後儒之偏説事無用之空言一作文此予之所不暇也或有一作者問曰性果不足學乎予曰性者與身俱生而人之所皆有也爲君子者脩身治人而已性之善惡不必究也使性果善邪身不可以不脩人不可以不治使性果惡邪身不可以不脩人不可以不治不脩其身雖君子而爲小人書曰惟聖罔念

作狂是也能脩其身雖小人而爲君子書曰惟狂克念作聖是也治道備人斯爲善矣書曰黎民於變時雍是也治道失人斯爲惡矣書曰殷頑民又曰舊染汙俗是也故爲君子者以脩身治人爲急而不窮性以爲言夫七十二子之不問六經之不主言或雖言而不究豈略之哉蓋有意也或又問曰然則三子言性過歟曰不過也其不同何也曰始異而終同也使孟子曰人性善矣遂怠而不教則是過也使荀子曰人性惡矣遂棄而不教則是過也使揚子曰人性混矣遂肆而不教則是過也然三子者或身奔走諸侯

以行其道或著書累千萬言以告于後世未嘗不區區以仁義禮樂爲急蓋其意以謂善者一日不教則失而入于惡惡者勤而教之則可使至于善混者驅而率之則可使去惡而就善也其説與書之習與性成語之性近習遠中庸之有以率之樂記之慎物所感皆合夫三子者推其言則殊察其用心則一故予以爲推一無此字其言不過始異而終同也凡論三子者以予言而一之則譊譊者可以息矣予之所説如此吾子其擇焉

與荆南樂秀才書

脩頓首白秀才足下前者舟行往來屢辱見過又辱以所業一編先之啓事及門而贄田秀才西來辱書其後予家奴自府還縣比又辱書僕有罪之人人所共棄而足下見禮如此何以當之當之未暇荅宜遂絶而再辱書再而未荅宜絶而又辱之何其勤之甚也如脩者天下窮賤之人尒安能使足下之切切如是邪蓋足下力學好問急於自爲謀而然也然蒙索僕所爲文字者此似有所過聽也僕少從進士舉於有司學爲詩賦以備程試凡三舉而得第與士君子相識者多故往往能道僕名字而又以游從相愛之

私或過稱其文字故使足下聞僕虚名而欲見其所爲者由此也僕少孤貧貪禄仕以養親不暇就師窮經以學聖人之遺業而涉獵書史姑隨世俗作所謂時文者皆穿蠹經傳移此儷彼以爲浮薄惟恐不悦于時人非有卓然自立之言如古人者然有司過採屢以先多士及得第已來自以前所爲不足以稱有司之舉而當長者之知始大改其爲庶幾有立然言出而罪至學成而身辱爲彼則獲譽爲此則受禍此明効也夫時文雖曰浮巧然其爲功亦不易也僕天姿不好而彊爲之故比時人之爲者尤不工然已足

以取祿仕而竊名譽者順時故也先輩少年志盛方欲取榮譽於世則莫若順時天聖中天子下詔書勅學者去浮華其後風俗大變今時之士大夫所爲彬彬有兩漢之風矣先輩往學之非徒足以順時取譽而已如其至之是直齊肩於兩漢之士也若僕者其前所爲既不足學其後所爲愼不可學是以徘徊不敢出其所爲者爲此也在易之困曰有言不信謂夫人方困時其言不爲人所信也今可謂困矣安足爲足下所取信哉辱書既多且切不敢不答幸察

答吳充秀才書

脩頓首白先輩吴君足下：前辱示書及文三篇，發而讀之，浩乎若千萬言之多；及少定而視焉，纔數百言尓。非夫辭豐意雄，霈然有不可禦之勢，何以至此！然猶自患倀倀莫有開之使前者，此好學之謙言也。脩材不足用於時，仕不足榮於世，其毀譽不足輕重，氣力不足動人。世之欲假譽以爲重，借力而後進者，奚取於脩焉？先輩學精文雄，其施於時，又非待脩譽而爲重，力而後進者也。然而惠然見臨（六字一作惠然而見及），若有所責（一作求），得（一無此字）非急於謀道，不擇其人而問焉者歟？夫學者未始不爲道，而至者鮮焉。非道之於人遠也。學者有所溺焉爾。蓋文之為言，難工而可喜，易悅而自足。世之學者往往溺之，一有工焉，則曰吾學足矣。甚者至棄百事不關于心，曰吾文士也，職於文而已。此其所以至之鮮也。昔孔子老而歸魯，六經之作，數年之頃爾。然讀易者如無春秋，讀書者如無詩〔一作讀春秋者如無詩書〕，何其用功少而至〔此字一作自然〕於至也。聖人之文雖不可及，然大抵道勝者〔一有於字〕文不難而自至也。故孟子皇皇不暇著書，荀卿蓋亦晚而有作。若子雲、仲淹，方勉焉以模〔三字一作彊區區力作〕言語，此〔一無此字有而宏博不及孟荀之雄者十字〕道未足而彊〔一作勉〕言者也。後之惑者徒見前世之文傳以爲學者文而已此句一作又溺其怳也故愈力一無此二字愈勤而愈不至此足下所謂終日不出於軒序一無此足下以下一句不能縱横高下皆如意者道未一作不足也若道之充焉雖行乎天地一作下入于淵泉無不之也一有何患不至四字先輩一作足下之文浩乎霈然可謂善矣而又志於爲道猶自以爲未廣若不止焉孟荀可至而不難也脩學道而不至者然幸不甘於所怳而溺於所止因吾子之能不自止又以勵脩之少進焉幸甚幸甚脩白

上杜中丞論舉官書

具官脩謹齋沐拜書中丞執事脩前伏見舉南京留守推官石介爲主簿近者聞介以上書論赦被罷而臺中因舉他吏代介者主簿於臺職最卑介一賤士也用不用當否未足害政然可惜者中丞之舉動也介爲人剛果有氣節力學喜辯是非眞好義之士也始執事舉其材議者咸曰知人之明今聞其罷皆謂赦乃天子已行之令非賤當有説以此罪介曰當罷脩獨以爲不然然不知介果指何事而言也傳者皆云介之所論謂朱梁劉漢不當求其後裔爾若止此一事則介不爲過也然又不知執事以介爲是爲

非也若隨以爲非是大不可也且主簿於臺中非言事之官然大抵居臺中者必以正直剛明不畏避爲稱職今介足未履臺門之閾而已用言事見罷眞可謂正直剛明不畏避矣度介之才不止爲主簿直可任御史也是執事有知人之明而介不負執事之知矣脩嘗聞長老說趙中令相太祖皇帝也嘗爲某事擇官中令列二臣姓名以進太祖不肯用它日又問復以進又不用它日又問復以進太祖大怒裂其奏擲殿階一作陛上中令色不動插笏帶間徐拾碎紙袖歸中書它日又問則補綴之復以進太祖大悟終用

二臣者彼之敢尓者蓋先審知其人之可用然後果而不可易也今執事之舉介也亦先審知其可舉邪是偶舉之也（一作邪）若知而舉則不可遽止若偶舉之猶宜一請介之所言辯其是非而後已若介雖忤上而言是也當助以辯若其言非也猶宜曰所舉者爲主簿尓非言事也待爲主簿不任職則可罷請（一作請罷）以此辭焉可也且中丞爲天子司直之臣上雖好之其人不肖則當彈而去之上雖惡之其人賢則當舉而申之非謂隨時好惡而高下者也今備位之臣百十邪者正者其紏舉一信於臺臣而執事始舉介曰

能朝廷信而將用之及以爲不能則亦曰不能是執事自信猶不果若遂言它事何敢望天子之取信於執事哉故曰主簿雖卑介雖賤士其可惜者中丞之舉動也況今斥介而它舉必亦擇賢而舉也夫賢者固好辯若舉而入臺又有言則又斥而它舉乎如此則必得愚闇懦默者而後止也伏惟執事如欲舉愚者則豈敢復云若將舉賢也願無易介而它取也今世之官兼御史者例不與臺事故敢布狂言竊獻門下伏惟幸察焉

與曾鞏論氏族書

脩一有拜字白一有曾君先輩足下六字貶所僻遠不與人通辱遣專
人惠書甚勤豈勝媿也示及見託撰次碑文事脩於
人事多故不近文字久矣大懼不能稱述世德之萬
一以滿足下之意然近世士大夫於氏族一作族氏尤不
明其遷徙世次多失其序至於始封得姓亦或不真
如足下所示云曾元之曾孫樂爲漢都鄉侯至四世
孫據遭王莽亂始去都鄉而家豫章考於史記皆不
合蓋曾元去漢近二百年自元至樂似非曾孫然亦
當仕漢初則據遭莽世失侯而徙蓋又二百年疑亦
非四世以諸侯年表推之雖大功德之侯亦未有終

前漢而國不絶者亦無自高祖之世至平帝時侯纔四傳者宣帝時分宗室趙頃王之子景封爲都鄉侯則據之去國亦不在莽世而都鄉已先別封宗室矣又欒據姓名皆不見於年表蓋世次久遠而難詳如此若曾氏出於鄫者蓋其支庶自別有爲曾氏者亦非鄫子之後皆姓曾也蓋今所謂鄫氏者是也揚允恭據國史所書嘗以西京作坊使爲江浙發運制置茶鹽使乃至道之間耳今云洛苑使者雖且從所述皆宜更加考正山州無文字尋究一有不能周悉四字幸察

答宋咸書

脩頓首白州人一作吏至蒙惠書及補注周易甚善世無孔子久矣六經之旨失其傳其有不可得而正者自非孔子復出無以得其眞也儒者之於學博矣而又苦心勞神一作瘦精於殘編朽簡之中以求一作考千歲失傳之繆茫乎前望已遠之聖人而不可見杳乎後顧無窮之來者欲爲未悟決難解之惑是眞所謂勞而少功者哉然而一有六字經非一世之書也其傳之繆非一日之失也其所以刋正補緝亦非一人之能也使學者各極其所見而明者擇焉十取其一百取其十雖未能復六經於無失而卓如日月之明然聚衆

人之善以補緝之庶幾不至於大繆可以俟聖人之復生也然則學者之於經（一無三字）其可已乎足下於經（一本二字作之於學）勤矣（一有其於經至矣字）凡其所失無所不欲正之其刋正補緝者衆則其所得亦已多矣脩學（一作性）不敏明而又無彊力以自濟恐終不能少出所見以補六經（一作失傳）之萬一得足下所爲故尤區區而不能忘也屬奉使出彊（一本二字作行有日）忽忽不具（一本具字作得盡所懷）惟（一有以時字）自愛廬陵歐陽脩再拜

居士集卷第四十七

熙寧五年秋七月男發等編定

紹熙二年三月郡人孫謙益校正

答陝西施龍圖辭辟命書

知義此下一有可用二字

答謝第一書

而不究此下一有凡字果善邪果惡邪邪一本作而人性混矣混字上一有善惡二字勸而教之勸一作勸

與荆南樂秀才書

當之未暇答之或作時一無當之二字宜絶二字上一有切刀二字一益字七七作勤遺業二字一作道浮薄一作浮巧悦手一作悦於爲彼二字上一有蓋字受禍一作獲罪不易一作未易譽者一無者字先輩少年一作今先輩年少方欲一作方將如其至之是直齊肩於兩漢之士也一作如其器焉直可齊於兩漢之上也愼不可學一作又不宜與

今可謂困今字下一有子字安足爲足下所取信哉一作雖有言安能取信於先輩哉

答吴充秀才書

何以一作執能先輩學精先輩精學一作矧也足下鮮焉一作鮮矣讀易者三字上一有使字

上杜中丞論舉官書

不爲過也也一作矣又不知執事不一作未殿階上一作陛下終用二臣者者一無者字百十一作百千幸察焉一作幸賜察焉

與[illegible]論氏族書

僻遠一作僻絶當仕一作當在亦未有一作亦少得鄫氏鄫一作繒茶鹽使此下一有時字

答[illegible]戎書

儒者之於學一作學者之爲工

策問十二道

武成王廟問進士策二首

問：學者言三統之義備矣。然自孔子删脩六經，與其弟子論辯堯舜三代之際甚詳，而於正朔獨無明文見於經者。三正，王者所以正一統，蓋大法也，豈宜略而不言歟？抑隱其義以寓見諸書歟？或者經籍散缺而失之歟？自漢以來，學者多增三統之說以附六經之文。今所見者，特因漢儒之說爾。當漢承秦焚書，聖經未備，而百家異說不合于理者衆，則其言果可信

歟夫衆辭淆亂質諸聖今考於六經孔子所筆何説
可以驗其信然歟不然商周未嘗有改歟豈其不足
爲法聖人非之而不言歟請稽三王之舊與考六經
之明文以祛厥疑敢俟來對
問禮樂治民之具也王者之愛養斯民其於教導之
方甚勤而備故禮防民之欲也周樂成民之俗也孚
苟不由焉則賞不足勸善刑不足禁非而政不成大
宋之興八十餘歲明天子仁聖思致民於太平久矣
而天下之廣元元之衆州縣之吏奉法守職不暇其
他使愚民目不識俎豆耳不聞弦匏民俗頑鄙刑獄

不衰而吏無任責夫先王之遺文具在凡歲時吉凶聚會考古禮樂可施民間者其别有幾順民便事可行於今者有幾行之固有次第其所當先者又有幾禮樂興而後臻於富庶歟將旣富而後教之歟夫政緩而迂鮮近事實教不以漸則或戾民欲其不迂而政易成有漸而民不戾者其術何云儒者之於禮樂不徒誦其文必能通其用不獨學於古必可施於今願悉陳之無讓

問進士策三首

問六經者先王之治具而後世之取法也書載上古

春秋紀事詩以微言感刺易道隱而深矣其切於世者禮與樂也自秦之焚書六經盡矣至漢而出者皆其殘脱顛倒或傳之老師昏耄之説或取之冢墓屋壁之間是以學者不明異説紛起況乎周禮其出最後然其爲書備矣其天地萬物之統制禮作樂建國君民養生事死禁非道善所以爲治之法皆有條理三代之政美矣而周之治迹所以比二代而尤詳見於後世者周禮著之故也然漢武以爲瀆亂不驗之書何休亦云六國陰謀之説何也然今考之實有可疑者夫内設公卿大夫士下至府史胥徒以相副貳

外分九服建五等差尊卑以相統理此周禮之大略也而六官之屬略見於經者五萬餘人而里閭縣都之長軍師卒伍之徒不與焉王畿千里之地爲田幾井容民幾家王宫王族之國邑幾數民之貢賦幾何而又容五萬人者於其間其人耕而賦乎如其不耕而賦則何以給之夫爲治者故若是之煩乎此其一可疑者也秦既誹古盡去古制自漢以後帝王稱號官府制度皆襲秦故以至於今雖有因有革然大抵皆秦制也未嘗有意於周禮者豈其體大而難行乎其果不可行乎夫立法垂制將以遺後也使難行而

萬世莫能行與不可行等爾然則反秦制之不若也脫有行者亦莫能興或因以取亂王莽後周是也則其不可用決矣此又可疑也然其祭祀衣服車旗似有可采者豈所謂郁郁之文乎三代之治其要如何周禮之經其失安在宜於今者其理安從其悉陳無隱

問古者爲治有繁簡其施於民也有淺深各適其宜而已三代之盛時地方萬里而王所自治者千里而已其餘以建諸侯至於禮樂刑政頒其大法而使守之則其大體蓋簡如此諸侯大小國蓋數千必各立

都邑建宗廟鄉士大夫朝聘祭祀訓農練卒（一作訓練武士）居民度土自一夫以上皆有法制則其於衆務何其繁也今自京師至於海隅徼障一尉卒之職必命於朝政之大小皆自朝出州縣（一作郡）之吏奉行而已是舉天下皆所自治其於大體則爲繁（一有且勞二字）矣其州縣大小邑閭田井訓農練卒一夫以上略無制度其於衆務何其忽而簡也夫禮以治民而樂以和之德義仁恩長養涵澤此三代之所以深於民者也政以一（一作均）民刑以防之（一作姦）此其淺者爾（一有蓋不可專用也六字）今自宰相至于州縣（一有之字一作至內外凡百）有司莫不行文

書治吏事其急在於督賦斂斷獄訟而已此特淺者爾禮樂仁義吏不知所以爲而欲望民之被其教其可得乎一有況民之泯泯乎比專務其淺而忘其所以教民之深之弊也久矣二十五字夫治大以簡則力有餘治小以繁則事不遺制民以淺則防其僻漸民以深則化可成此三代之所以治也今一切悖古簡其當繁而繁其可簡一作大者煩而勞細者簡而忽務其淺而忽其深故爲國百年而仁政未成生民未厚者以此也然若欲使國體大小適繁簡之宜法政弛張盡淺深之術諸侯井田不可卒復施於今者何宜禮樂刑政一作仁義不可卒成用於今者何便悖古之

失其原何自修復之方其術何始迹治亂通古今子大夫之職也其悉心以陳焉

問禮樂之書散亡而雜出於諸儒之記獨中庸出於子思子思聖人之後也其所傳宜得其真而其説有異一作戾乎聖人者何也論語云吾十有五而志于學三十而立四十而不惑五十而知天命蓋孔子自年十五而學學十五年而後有立其道又須十年而一進孔子之聖必學而後至久而後成而中庸曰自誠明謂之性自明誠謂之教自誠明生而知之也自明誠學而知之也若孔子者可謂學而知之者孔子必

須學則中庸所謂自誠而明不學而知之者誰可以當之歟堯用四凶其初非不思也蓋思之不能無失耳故曰惟帝其難之舜之於事必問於人而擇焉故曰舜好問禹之於事己所不決人有告之言則拜而從之故曰禹拜昌言湯之有過後知而（三字一作人告）必改故曰改過不悋孔子亦嘗有過故曰幸苟有過人必知之而中庸曰誠者不勉而中不思而得夫堯之思慮常有失舜禹常待人之助湯與孔子常有過此五君子者皆上古聖人之明者其勉而思之猶有不及則中庸之所謂不勉而中不思而得者誰可以當之

歟此五君子者不迋當之則自有天地巳來無其人矣豈所謂虛言髙論而無益者歟夫孔子必學而後至堯之思慮或失舜禹必資於人湯孔不能無過此皆勉人力行不怠有益之言也若中庸之誠明不可及則怠人而中止無用之空言也故予疑其傳之謬也吾子以爲如何

南省試進士策問三首

問昔者禹治洪水奠山川而堯稱之曰萬世之功也蓋遭大水莫如堯致力以捍四字一作能弭大患莫如禹別四海九州山川地形盡水之性知其利害而治之有

法莫一作未有如禹貢之爲書一作詳也故後世之言知水者必本於禹求所以治之之法與其跡者必於禹貢然則學者所宜盡心也國家天下廣矣其爲水害者特一河耳非有堯之大患也自橫壠商胡再決三十餘年天下無一人能興水利者豈有其人而弗求歟求而弗至歟抑不知水性而乖其導淺之方由禹貢之學久廢而然歟此當今之務學者之所留意也且堯之九州孰高孰下禹所治水孰後孰先考其治之之跡導其大水所從來而順其歸其小水則或附而行或止而有所畜然後百川皆得其宜夫致力於其

大而小者從之此豈非其法歟然所導大水其名有幾夫欲治水而不知地形高下所治後先致力之多少及其名與數則何以知水之利害故願有所聞焉夫禹所以通治水之法如此者必又得其要願悉陳之無隱

問三王之治損益不同而制度文章惟周爲大備周禮之制設六官以治萬民而百事理夫公卿之任重矣若乃祭祀天地日月宗廟社稷四郊明堂之類天子大臣所躬親者一歲之間有幾又有巡狩朝會師田射耕燕饗凡大事之舉一歲之間又有幾而爲其

民者亦有畋獵學校射鄉飲酒凡大聚（聚字一作事期）一會一歲之間有幾又有州黨族官歲時月朔春秋酺禜（一作蜡祭）詢事讀法一歲之間又有幾其齋戒供給期召奔走廢日幾何由是而言疑其官不得安其府民不得安其居亦何暇修政事治生業乎何其煩之若是也然說者謂周用此以致太平豈朝廷禮樂文物萬民富庶豈弟必如是之勤且詳然後可以致之歟後世苟簡不能備舉故其未能及於三代之盛歟然爲治者果若是之勞乎用之於今果安焉而不倦乎抑其設施有法而弟弗深考之歟諸君子爲言之

問六十四卦所謂易者聖人之書也今謂之繫辭旨謂之大傳者亦皆曰聖人之作也其言曰兩儀生四象四象生八卦又曰河出圖聖人則之又曰庖犧氏之王天下也仰觀于天俯察于地觀鳥獸之文近取一有諸字下同身遠取物始作八卦又曰昔者聖人之作易也幽贊於神明而生蓍參天兩地而倚數觀變於陰陽而立卦一書而四說則八卦者果何從而有乎若曰河圖之說信然乎則是天生神馬負八卦出于水中乃天地自然之文爾何假庖犧始自作之也如幽贊生蓍之說又似八卦直因蓍數而生爾至於兩儀

四象相生而成則又無待於三說而有卦也故一說苟勝則三說可以廢也然孰從而爲是乎卜筮自堯舜三代以來用之蓋古聖人之法也不必窮其始於古遠茫昧之前然繫辭聖人之作也必有深旨幸決其疑

問進士策四首

問孟子以謂井田不均則穀祿不平經界既正而分田制祿可坐而定也故曰仁政必自經界始蓋三代井田之法也自周衰迄今田制廢而不復者千有餘歲凡爲天下國家者其善治之迹雖不同而其文章

制度禮樂刑政未嘗不法三代而於井田之制獨廢而不取豈其不可用乎豈憚其難而不爲乎然亦不害其爲治也仁政果始於經界乎不可用與難爲者果萬世之通法乎王莽嘗依古制更名一有民字田矣而天下之人愁苦怨叛卒共起而亡之莽之惡加于人者雖非一而更田之制當時民特爲不便也嗚呼孟子之所先者後世皆不用而治用之而民特愁苦怨叛以爲不便則孟子謂之仁政可乎記曰異世殊時不相沿襲書又曰事不師古匪説攸聞書傳之言其戾如此而一作於孰從乎孟子世之所師也豈其泥於

古而不通於後世乎豈其所謂迂闊者乎不然將有
說也自三代之後有天下莫盛漢唐漢唐之治視三
代何如其民田之制税賦之（一有法穀祿之四字）差又何如其
可施於今者又何如皆願聞其詳也
問子不語怪著之前說以其無益於事而有感於人
也然書載鳳凰之來舜詩録乙鳥之生商易稱河洛
出圖書禮著龜龍游宮沼春秋明是非而正王道六
鷁鸜鵒於人事而何干二南本功德於后妃麟趾騶
虞豈婦人而來應昔孔子見作俑者歎其不仁以謂
開端於用殉也況六經萬世之法而容異說自啓其

源自秦漢已來諸儒所述荒虛怪誕無所不有推其所自抑有漸乎夫無焉而書之聖人不爲也雖實有焉書之無益而有害不書可也然書之亦有意乎抑非聖人之所書乎予皆不能諭也惟博辯明識者詳之

問爲政者徇名乎襲迹乎三代之名正名也其迹治迹也所謂名者萬世之法也迹者萬世之制也正名立制言順事成然後因名迹以考實而其文章事物粲然無不備矣可謂盛哉董仲舒以謂三代質文有改制之名而無變通之實者是也自秦肆其虐滅棄

古典然後三代之名與迹皆變易而喪其實豈所謂變其道者邪然自秦迄今千有餘歲或治或亂其廢興長短之埶各由其人爲之而已其襲秦之名不可改也三代之迹不可復也豈其理之自然歟豈三代之制止於三代而不可施於後世歟王莽求其迹而復井田宇文求其名而復六官二者同皆亂敗亡之國也然則孔子言爲政必也正名孟子言爲政必始經界豈虛言哉然自秦以來治世之主幾乎三代者唐太宗而已其名迹固未嘗復三代之一二而其治則幾乎三王豈所謂名迹者非此之謂歟豈遺名與

迹而直考其實歟豈孔孟之所謂者有旨而學者弗深考之歟其酌古今之宜與其異同者以對

問古之取士者上下交相待以成其美今之取士者上下交相害欲濟於事可乎古之士教養有素而進取有漸上之禮其下者厚故下之自守者重上非厚禮不能以得士士非自重不能以見禮於上故有國者設爵禄車服禮樂于朝以待其下爲士者修仁義忠信孝悌於家以待其上設于朝者知下之能副其待則愈厚居下者知上之不薄于己故愈重此豈不交相成其美歟後世之士則反是上之待其下也以

謂干利而進爾雖有爵禄之設而日爲之防以華進之濫者下之視其上也以謂雖自重上孰我知不自進則不能以達由是上之待其下也益薄下之自守者益不重而輕嗚呼居上者欲得其人在下者欲行其道其可得邪原夫三代取士之制如何漢魏迨今其變制又如何宜歷道其詳也制失其本致其反古（一有復自何時欲就今制稍復於古十二字）當自何始今之士皆學古通經稍知自重矣而上之所以禮之者未加厚也噫由上之厚然後致下之自重歟必下之自重然後上禮之厚歟二者兩不爲之先其執亦奚由而合也宜具

陳其本末與其可施於今者以對

居士集卷第四十八

熙寧五年秋七月男發等編定

紹熙二年三月郡人孫謙益校正

問進士策第二首　諸侯大小國蓋數千必各立都邑建宗廟一作諸侯之國小大數十皆建■邑立宗廟

問進士策第三首　書傳之言言一作說井田一作井地聞其詳也一作聞其說

第四首　上孰我知一作上或不我知

居士集卷第四十九　歐陽文忠公集四十九

祭文二十首

求雨祭一作五龍祈雨文

年月日，乾德縣令歐陽脩謹以清酌庶羞之奠祭于五龍之神曰：百里之地，一時而不雨，則民被其災者數千家。然則水旱一有之字重事也一無此字。天之庇生斯民者，豈欲輕爲之乎？不幸而遭焉，則歸其說於二者：一曰吏之貪戾，不能平民而使怨吁之氣干於陰陽之和而然也；一曰凡山川能出雲爲雨者，皆有神以主之，以節豐凶而爲民之司命也。故水旱之災不以責吏則以告神。嗚呼！民不幸而罹其災，脩一作吏與神又不幸而當其事者，以吏食其禄而神享其祀也。今歲旱矣，令一作吏雖愚，尚知恐懼而奔走。神至靈也，得不動於心乎？尚饗！

求雨祭漢景帝文

維年月日，具官脩告于漢孝景帝之神：縣有州帖祈雨諸祠，縣令至愚，以謂雨澤頻時，民不至於不足，不敢以煩神之視聽。癸丑，出于近郊，見民稼之苗者荒在草間，問之，曰：「待雨而后耘耔。」又行，見老父曰：「此月無雨，歲將不成。」然後乃知前所謂雨澤頻時者，徒見於城郭之近而縣境數百里山陂田畝之間蓋未及也脩以有罪爲令於此宜勤民事神以塞其責令既治民獄訟之不明又不求民之所急至去縣十餘里外凡民之事皆不能知頑然慢於事神此脩爲罪又甚於所以來爲令之罪惟神爲漢明帝生能惠澤其民布義行剛威靈之名照臨後世而尤信於此土之人神其降休以答此土之民之信尚饗

祭桓侯文

謹以彘肩卮酒之奠告于桓侯張將軍之靈農之爲事亦勞矣盡筋力勤歲時數年之耕不遇一歲之稔

稔則租賦科歛之不暇有餘而食其得幾何不幸則水旱相枕爲餓殍夫豐歲常少而凶歲常多今夏麥已登粟與稻之旱者民皆食之矣秋又大熟則庶幾可以支一二歲之凶荒歲功將成曷忍敗之今晚田秋稼將實而少雨雨之降者頻在近郊山田僻遠欲雨（一作高阜）之方皆未及也惟神降休宜均其惠而終成歲功神生以忠勇事人威名震於荊楚沒食其土民之所宜告也尚饗

北嶽廟賽雨祭文

古者諸侯之國水旱豐凶山川所禱各即其封祀薄

秩卑止於一國而神所降休亦不過其國中豈如巨岳四方之鎮天下之雄天子命祀公王之崇而脩之職既非一邦之守凡河北千里上給下足皆責于厥躬故脩之禱非鎮一州而止自河以北冀厥惠之咸蒙況神之主又非河北而已利澤之廣宜及於無窮既獲賜矣而又敢黷幸神聽之惟聰尚饗

修城祈晴祭五龍文 滁州

雨澤於物博哉其利及其過差患亦不細民勞於農將熟而敗吏勤於職（一作于城）已成而圮（一作壞）龍於吏民何怒何戾山湫有祠樂可潛戲宜安爾居（一作藏）靜以

養智冬雪春雨其多已太浸潤收畜足支一歲旱則來告〈一作放〉否當且待〈一作有待〉

又祭城隍神文〈滁州〉

雨之害物多矣而〈一作惟〉城者神之所職不敢及他請言城役用民之力六萬九千工食民之米一千三百石衆力方作雨則止之城功既〈一作已〉成雨又壞之敢問雨者於神誰尸吏能知人〈一作成城〉不能知〈一作爲字〉雨惟神有靈可與雨〈一作以與〉語吏竭其力神祐以靈各供其職無媿斯民〈一作厥〉

祈晴祭城隍神文

昨者王倫爲盜攻劫城市州民被虐餘毒未瘳非特脩言乃神所見近蒙朝旨許理城隍所以戒往弊防未然惟神變福此州必有陰助今興役有期而大雪不止沮民害事恐必有歸惟脩不能事神治民當有明罰而城之成否自繫神民惟神之靈敢以誠告數日之内豁然陽開尚不失時在神而已尚饗

又祭漢高祖一作城隍廟文 滁州

民常患不勤於農農勤矣而雨敗其稼吏常患不修其職職修矣而雨害其功吏與民一作民怠慢則懼神罰妨民沮吏豈又神聰今麥雖已失猶有望於穀城尚

可補，敢不勞厥躬。咎難追於已往，神幸惠於其終。

祈雨祭漢高皇帝文 滁州

維年月日，具官歐陽脩謹以清酌庶羞之奠，致祭于漢高皇帝之靈（一作神）而言曰：吏有常職，來官于滁（一作此）者，不三四歲而易也；神食于此，無窮已也。神與吏於滁人孰親且久（一有也字），孰宜愛其（一作滁）人之深也？滁人敢慢其吏而犯吏法者有矣，未聞有敢慢神而祀威靈也。其畏信勤事於吏，孰若畏信勤事於神也？吏於凡小事猶皆（一無此字）動有法令約束，違則有罰，孰若神之變化不測，而能與民轉災爲福也？吏朝夕拜禱彌旬越月而無所感動神之召呼風雲開闔陰陽而役使鬼物須刻之間（一有爾孰難而孰易六字）也今民田待雨急矣吏知人力不能爲猶竭其力而不得已況神之易爲也況滁人（一作民）畏信勤事之久而親神宜愛之（一作神宜愛之深也）而又有可以轉災爲福變化不測之能也吏誰敢與神較而（一無此二十三字）脩輒（一作敢）以此爲黷者蓋哀民之急辭也其政（一作某政之）不善而召災旱又以爲黷神宜降殃於（一作于）脩而賜民以雨使賞罰並行而雨得也民之幸也脩之願（一作幸）也尚饗

漢高祖廟賽雨文

謹以清酌庶羞之奠致祭于漢高皇帝之神古之爲政者率人甚勤備災甚謹而自勉甚篤故勸農節用均豐補敗雖有水旱之歲而無饑殍之民一遇天災則孚自貶責務修人事之闕而復陰陽之和今乃不然當無事之時不能勤民於農而亡備災之具一月不雨使民惶惶又不自責以修其闕而動輒干神賴神聰明知厥過之在吏閔斯民之可哀賜之豐年徧及遠邇神之大惠如何可報吏之大過如何可逃惟與民永永事神無敢懈尚饗

祈雨祭張龍公文 潁州

維年月日具官脩謹以清酌庶羞之奠致祭于張龍公之神曰刺史不能爲政而使民失所其咎安歸而又頑傲愚冥無誠慤忠信之心可以動於物者是皆無以進説於神雖其有請宜不一作無聽也然而明天子閔閔憂勞於上而生民嗷嗷困苦于下公私並乏道路流亡於此之時以一日之雨救一方之旱用力至少其功至多此非人力之所能爲而神之所甚易也苟以此説神其有不動於心者乎幸無以刺史不堪而止也刺史有職守不獲躬走祠下謹遣管界巡檢田甫布兹懇迫尚饗

祭薛尚書（一作簡肅公）文

維年月日，具官歐陽脩謹以清酌庶羞之奠，恭祭于故資政殿學士贈兵部尚書薛公之靈。景祐之元，公初解政，雖告于家，而疾未病。若脩之鄙，敢辱公知，公於此時，欲以女歸。公德方隆，謂當再起，齊大之婚，敢辭以禮。天不慭遺，公薨忽然。其後二（一作三）年，卒追前言，生死（一作死生）之間，以成公志。掛劍于墓，古人之義。公斂於材，剛毅自勵，不顧不隨，以直而遂。命也在天，往則難期，惟其行已，敢言是（一作自）師。有罪之身，竄逐因拘，生不及門，葬不送車。致誠薄奠，因道終初。尚饗！

祭謝希深一作舍人文

維年月日具官脩將以明日祗役于滑謹用清酌庶羞之奠致祭于故副閣舍人謝公之靈嗚呼謝公一作公手性明於誠履蹈其方其於死生固已自達而天下之士所以嘆息而不已者惜時之良況於吾徒師友之分情親義篤其何可忘景祐之初脩走于峽而公在江東寓書眞州哀其親老一作甚困而勉以自彊其後二年再遷漢上風波霧毒凡萬二千里而會公南陽初來謁公迎我而笑與我別久憐其貌若故而氣揚清風之館覽秀之涼坐竹林之脩蔭泛水芰之清香

及告還歸一作邑得官靈昌走書來報喜詠于章罷縣無歸來客公邦歡言未幾遽悶于牀不見五日而入哭其堂嗚呼謝公年不得中壽而位止于郎惟其歿也哭者爲之哀不識者爲之相弔或賻其家或刀其喪嗟夫爲善之効得此而已庸何傷富貴偶也壽夭數也奚一作何較其少多而短長若公之有言著于文行著于事材著于用既久而愈彰此吾徒可以無大恨而君子謂公爲不亡滑人來迎脩焉當北而不卽去者以公而彷徨始脩將行期公餞我今其去也來奠公觴茲言悲矣公其聞乎抑不聞也徒有淚而浪

浪尚饗

祭薛質夫文　大理寺丞薛直孺

嗟吾質夫行豐而腴乃享其癃𤸰華雖敷不葯而枯善惡賢愚非有契符報或一差咎誰歸辜孔智通天曰命矣夫在聖猶疑況於吾徒嗟吾質夫毋不勝纕慕無孺孤奠觴爲訣已矣嗚呼尚饗

祭叔父文

維年月日具官姪脩謹以清酌庶羞之奠致祭于十四叔都官之靈曰昔官夷陵有罪之罰今位於朝而參諫列榮辱雖異實皆羈紲使脩哭不及喪而葬不

臨穴孩童孤艱哺養提挈昊天之報於義何闕惟其報者庶幾大節尚饗

祭尹子漸文（太常博士知懷州尹源）

年月日具官歐陽脩謹遣人自鎮陽至懷州以清酌庶羞之奠致祭于亡友尹君子漸十一兄博士之靈嗚呼天於（一作生）萬物與吾人孰愛憎而薄厚其生未始以一齊其死宜其有夭壽苟百年者亦死則短長之何較惟善人之可喜謂宜在世而常存曰仁者壽兮是亦愛之者之說謂善必福兮得非以己而推天禍福吉凶（一作壽夭）至其難通雖聖人亦曰命而罕言兮

豈其至此而辭窮壽夭置之吾不能問嗟乎子漸吾獨有恨我不見子於今幾時自子得懷始有見期子不能來我欲亟往子今安歸我往何（一作誰）訪昔我在朝諫官侍從職當薦賢知子不責朋黨之誣苟避讒諷兩相知而以心謂尺書之不用遂聲音之永隔哭不聞而徒慟嗟此奠之一觴冀歆言之可共往莫及兮難追哀以辭而永送尚饗

祭尹師魯文

維年月日具官歐陽脩謹以清酌庶羞之奠祭于亡友師魯十二兄之靈曰嗟乎師魯辯足以窮萬物而

不能當一獄吏志可以狹四海而無所措其一身窮山之崖野水之濱猿猱之窟麋鹿之羣猶不容於其間兮遂即萬鬼而爲鄰嗟乎師魯世之惡子之多未必若愛子者之衆何其窮而至此兮得非命在乎天而不在乎人方其奔顛斥逐困厄艱屯舉世皆冤而語言未嘗以自及以窮至死而妻子下見其悲忻用捨進退屈伸一作出處語默夫何能然乃學之力至其握手爲訣隱几待終顔色不變笑言從容死生之間既已能通於性命憂患之至宜其不累於心胸自予云逝善人宜哀子能自達予又何悲惟其師友之益乎

生之舊情之難忘言不可究嗟乎師魯自古有死皆歸無物惟聖與賢雖埋不没尤於文章焯若星日子之所爲後世師法雖嗣子尚幼未足以付予而世人藏之庶可無於墜矢子於衆人最愛予文寓辭千里侑此一罇冀以慰子聞乎不聞尚饗

祭蘇子美文

維年月日具官歐陽脩謹以清酌庶羞之奠致祭于亡友湖州長史蘇君子美之靈曰哀哀子美命止斯邪小人之幸君子之嗟子之心胷蟠屈龍蛇風雲變化雨雹交加忽然揮斧霹靂轟車人有遭之心驚膽

落霞仆如麻須臾霽止而回（一作四）顧百里山川草木開發萌芽子於文章雄豪放肆有如此者吁可怪邪嗟乎世人知此而已貪悅其外不窺其內欲知子心窮達之際金石雖堅尚可破壞（一作碎）子於窮達始終仁義惟人不知乃窮至此蘊而不見遂（一作遽）以没地獨留文章照耀後世嗟世之愚掩抑毀傷譬如磨鑑不滅愈光一世之短萬世之長其間得失不待較量哀哀子美來舉予觴尚饗

祭鄭宣徽文

謹以清酌庶羞之奠致祭于宣徽太尉鄭公之靈曰

脩曩在場屋公爲先進既登館閣遂獲並遊平生笑言俯仰今昔至於勤勞中外啓沃謀猷紀德揚功已著朝廷之論臨風隕涕但伸朋舊之私永訣之情一觴而已尚饗

皇考楚黄祭文

男脩謹以清酌庶羞之奠告于皇考郎中之靈脩不肖不能紹禀先訓尚賴餘德遺休不隕其世得階仕進荷國寵靈欲報之恩不知其所幸天子以孝治天下凡列位于朝者皆有追榮之典俾其知所以有此爵禄者皆有自來而退得伸其私志故自上三見于

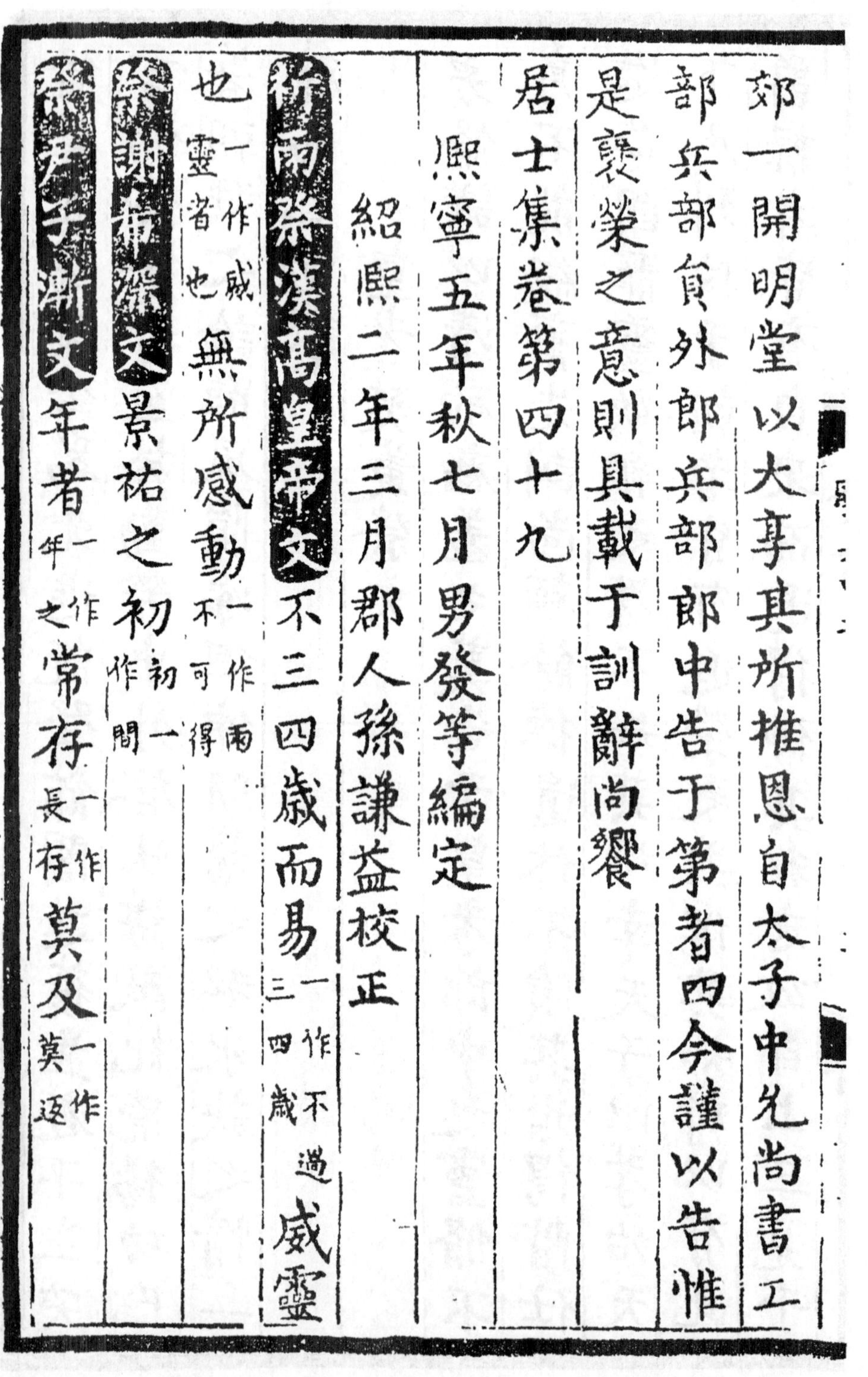

郊一開明堂以大享其所推恩自太子中允尚書工部兵部員外郎兵部郎中告于第者四今謹以告惟是褒榮之意則具載于訓辭尚饗

居士集卷第四十九

熙寧五年秋七月男發等編定

紹熙二年三月郡人孫謙益校正

祭漢高皇帝文

不三四歲而易（一作不過三四歲）威靈也（一作威靈者也）無所感動（一作雨不可得）

祭謝希深文

景祐之初（初一作間）

祭尹子漸文

年者（一作年之）常存（一作長存）莫及（一作莫逮）

居士集卷第五十　　歐陽文忠公集五十

祭文十七首

祭程相公文

維至和三年歲次丙申月日具官歐陽脩謹以清酌庶羞之奠致祭于故太師相國程公之靈嗚呼公於時人氣剛難合予實後進晚而相接一笑之樂淋漓酒卮十年再見公老予衰公遽如此予存幾時人生富貴朝露之光及其零落止一作紙益悲傷惟可喜者令名不忘士窮閭巷念不逢時公位將相韜能不施公居廟堂有言諤諤白首于外愉愉其樂酒酣氣振

猶見鋒鍔惜也雖老神清志完手書未復訃已在門昔者罇酒歌歡笑謔今而一觴涕淚零落死生忽焉自古常然撫棺爲訣夫復何言尚享

祭資政范公文

月日廬陵歐陽脩謹以清酌庶羞之奠致祭于故資政殿學士尚書户部侍郎范文正公之靈曰嗚呼公乎學古居今持方入圓丘軻之艱其道則然公曰彼惡公爲好訐公曰彼善公爲樹朋公所勇爲公則躁進公有退讓公爲近名讒人之言其何可聽先事而斥羣譏衆排有事而思雖仇謂材毁不吾傷譽不吾

喜進退有儀一作度夷行險止嗚呼公乎舉世之善誰非公徒讒人豈多公志不舒善不勝惡豈其然乎成難毁易理又然歟嗚呼公乎欲壞其棟先摧桷榱傾巢破鷇披折傍枝害一損百人誰不罹誰爲黨論是不仁哉嗚呼公乎易名謚行君子之榮生也何毁没也何稱好死惡生殆非人情豈其生有所嫉而死無所爭自公云亡謗不待辨愈久愈明由今可見始屈終伸公其無恨寫懷平生寓此薄奠

祭杜祁公文

維嘉祐二年三月日具官歐陽脩謹遣驅使官趙日

宣以清酌庶羞之奠致祭于故太子太師贈司徒侍中杜公之靈曰士之進顯於榮禄者莫不欲安享於豐腴公爲輔弼飲食起居如陋巷之士環堵之儒他人不堪公處愉愉士之退老而歸休者所以思自放於閑適公居于家心在于國思慮精深言辭感激或達旦不寐或憂形于色如在朝廷而有官責嗚呼進不知富貴之爲樂退不忘天下以爲心故行於己者老益篤而信於人者久愈深人之愛公寧有猒已壽胡不多八十而止自公之喪道路嗟咨況於愚鄙久辱公知繫官在朝心往神馳送不臨穴哭不望帷銜

辭寫恨有涕漣洏尚饗

祭吴尚書文

維嘉祐三年五月庚午朔具官歐陽脩謹遣驅使官田安之至于西京以清酌庶羞之奠致祭于故留守資政左丞贈吏部尚書吴公之靈曰嗚呼公乎余將老也閱世久也見一作念時之事可喜者少而可悲者多也士少勤其身以干禄仕取名聲初若可愛慕者衆也既而得其所欲而怠與迫於利害而遷求全其節以保其終者十不一二也其人康彊飲食平居笑言以相歡樂察其志意可謂偉然而或離或合不見

幾時遂至於衰病與其俯仰旦暮之間忽焉以死者十常八九也嗚呼公乎所謂善人君子者其難得既如彼而易失又如此也故每失一人未嘗不咨嗟殞泣至於失聲而長號也（一有惟字）公材謀足以居大臣文學足以名後世宜在朝廷以講國論而久留于外宜享壽考以爲人望而遽云長逝（一作往）此搢紳大夫所以聚弔于家而交朋故舊莫不走哭于位（一作次）豈惟老病之人獨易感而多涕也尚饗

祭梅聖俞文

維嘉祐五年歲次庚子七月丁亥朔九日乙未具官

歐陽脩謹率具官呂某劉某以清酌庶羞之奠致祭于亡友聖俞之靈而言曰：昔始見子伊川之上，余仕方初，子年亦壯。讀書飲酒，握手相歡，談辯鋒出，賢豪滿前。謂言仕宦所至皆然，但當行樂，何有憂患。子去一作出河南，余貶山峽，三十年間，乖離會合。晚被選擢，濫官朝廷，薦子學舍，吟哦六經。余才過分，可愧非榮；子雖窮厄，日有聲名。余狷而剛，中遭多難，氣血先耗，髮鬚早變；子心寬易，在險如夷，年實加我，其顏不衰。謂子仁人，自宜多壽；余譬膏火，煎熬豈久。事今反此，理固難知，況於富貴，又可必期。念昔河南同時一輩

零落之餘惟予子在子又去我余存兀然凡今之遊皆莫余先紀行瑑辭子宜余責送終䘏孤則有衆力惟聲與淚獨出余臆尚饗

曾祖曾祖母祖祖母楚黄祭文

維嘉祐七年歲次壬寅其月朔日曾孫具官脩謹以清酌庶羞之奠及太子少保太保延安郡榮國太夫人之告四通告于曾祖太保曾祖母太夫人之靈曰脩以不肖之質獲蒙祖考之餘休享有爵禄材薄任重繆膺奬擢踐更二府國有常典命及其先非惟優異丞弼之臣蓋所以彰積善垂慶其來有自而欲潛

光閟德發耀有時俾爲臣子者退得伸孝於家而進以盡忠於國是謂一施而兩得此朝廷所以推仁廣恩而爲小子之幸也敢不夙夜祗畏竭其思慮勉其不逮俾有樹立冀不顛墜其家聲以對揚天子之寵靈以永賴祖考之遺德官有職位繫身于朝不得瞻望松楸親執籩豆謹遣兄之子廬陵縣尉嗣立以告

祖祖母同詞

皇考太師祭文

嗣子具官脩謹以清酌庶羞之奠及太常少卿給事中太子少師太師告身四通告于皇考太師之靈曰

脩獲罪于天幼罹孤苦蒙賴積德積善之慶不殞其躬得從士大夫之列天子哀其禄不獲養而寵及其親曰非以爲榮俾以伸汝志亦以示國家推仁廣恵不忘人之先也有慶賜之恩而又有官秩之寵粤元年季秋天子恭謝天地于大慶則有太常少卿之命四年孟冬祫享于廟則有給事中之贈五年冬十有一月脩忝貳樞密則有少師之錫明年閏八月承乏東府則有太師之告而脩官職有守不得以時躬親即事留君之命于家不恭不勉力於其親不孝罪莫大焉是以涕泣憂懼不能自安謹遣兄之子廬陵縣

尉嗣立以告尚饗

皇妣太夫人祭文

嗣子具官脩謹以清酌庶羞之奠及平昌滎陽郡太君安定郡永國太夫人告身四通告于皇妣太夫人之靈曰脩有不孝之罪不得躬親省視松柏者于兹十年無歲不請于朝而訖不獲報遂以貪冒榮禄留連歲時獨幸天子仁恩教人以孝俾得寵及其親故自嘉祐之元殆今凡四被追封之告亦足以少慰烏鳥之心而備官東府任責至重不得退徇其私有司所下告第之制所以誕揚休命寵褒幽顯者不能躬

自臨事則又以永負至慈罔極不報之恩不勝悲慕哀愴之情謹遣兄之子嗣立以告尚饗

祭宋侍中文

惟靈明誠敏識清方粹直由初考終不變一德忽然云亡天子之惻富於文章玉質天葩施之朝廟炳耀光華自兹而絕學者之嗟旣文一作智且賢周達善間惟此不朽有司之信輤車其行禮備哀榮奠觴爲訣脩等之誠尚饗

英宗皇帝靈駕發引祭文

維治平四年歲次丁未八月丁未朔八日甲寅具官

臣歐陽脩伏覩大行皇帝靈駕發引臣以官守有職不得攀號於道左謹擇順天門外恭陳薄奠瞻望靈輿臣脩西望泣血頓首死罪言曰伏惟大行皇帝至仁至孝本堯舜之心克儉克寬躬禹湯之聖德澤被物感靈在天今者因山爲陵卜萬世而叶吉同軌畢至無一人之後期而臣受恩最深報國無狀不能秉翣持紼以供賤事而古人可慕有婗三良之殉身罔極銜哀但同百姓之喪考尚知豺獺之薦冀伸犬馬之誠臣無任號天攉絶哀慕感切之至臣脩西望泣血頓首死罪謹言

祭石曼卿文　祭一作弔

維治平四年七月日具官歐陽脩謹遣尚書都省令史李敭至于太清以清酌庶羞之奠致祭于亡友曼卿之墓下而弔之以文曰嗚呼曼卿生而爲英死而爲靈其同乎萬物生死而復歸於無物者暫聚之形不與萬物共盡而卓然其不朽者後世之名此自古聖賢莫不皆然而著在簡冊者昭如日星嗚呼曼卿吾不見子久矣猶能髣髴子之平生其軒昂磊落突兀崢嶸而埋藏於地下者一有吾字意其不化爲朽壤而爲金玉之精不然生長松之千尺產靈芝而一作之九

莖柰何荒煙野蔓荊棘縱横風淒露下走燐飛螢但見牧童樵叟歌唫而上下與夫驚禽駭獸悲鳴躑躅而咿嚶今固如此更千秋而萬歲兮安知其不穴藏狐貉與鼯鼪此自古聖賢亦皆然兮獨不見夫纍纍乎曠野與荒城嗚呼曼卿盛衰之理吾固知其如此而感念疇昔悲涼悽愴不覺臨風而隕涕者有媿乎太上之忘情尚饗

祭胡太傅文

維治平四年歲次丁未十一月乙亥朔某日具官脩謹以清酌庶羞之奠致祭于故太子太傅致仕胡公

之靈自昔並遊儒館當世英豪譬如花卉先後零凋惟公松栢凛凛寒標他人磨礲爭出圭角公獨渾然不見其璞廊廟之器誰能測度晚登大用蔚有嘉言予文之鄙懼不能傳三十年間既親且舊哭不及喪行不送柩寫恨臨風有懷莫究尚饗

祭劉給事文

惟熙寧元年歲次戊申四月壬寅朔十五日丙辰具官脩謹遣通引官行首龐簡以清酌庶羞之奠致祭于亡友留臺給事原甫之靈曰嗚呼金百鍊以爲鑑而萬物不能遁其形及爲物蝕而蔽其光頽然無異

乎瓦甓然而一遇良工之藥磨而瑩之則可以見肝膽而數毛髮蓋其可昏者光不可昏者性其或廢而或用由有幸與不幸若吾原甫者敏學通於今古精識造乎幽微乃百鍊之英而萬事之鑑也一爲末疾昏之至使良醫不能措其術百藥無所施其功遂埋至寶銜恨無窮此所以士夫驚呼莫不爲朝廷而痛惜至於不知命者皆有疑於造物之工況相知於道義而久接於遊從念以身而莫贖徒有淚而沾胷尚饗

祭丁學士文

嗚呼元珍善惡之殊如火與水不能相容其勢然爾是故鄉人皆好孔子不然惡於不善然後爲賢子之美才懿行純德誰稱諸朝當世有識子之憔悴遂以湮淪問孰惡子可知其人毁善之言譬若蠅矢點彼白玉濯之而已小人得志蹔快一時要其得失後世方知受侮被謗無如仲尼巍然衮冕不祀桓魋孟軻之道愈久彌光名尊四子不數臧倉是以君子脩身而俟擾擾姦愚經營一世追榮華之銷歇嗟泯沒其誰記是皆生則狐鼠死爲狗彘惟一賢之不幸歷千載而猶傷自古孰不有死至今獨弔乎沅湘彼靈均

之事業初未見於南邦使不遭羅於放斥未必功顯而名彰然則彼讒人之致力乃借譽而揄揚嗚呼元珍道之通塞有命在天其如予何孔孟亦然何以慰予聊爲此言寄哀一奠有涕漣漣尚饗

祭吳大資一作長文文

維年月日具官脩謹遣某人以清酌庶羞之奠致祭于資政侍郎吳公之靈曰惟公以孔孟之學晁董之文佐佑三朝始終一節顧惟庸繆敢企光塵而金門玉堂早接儁遊之末紫樞黄閣晚陪國論之餘雖出處之略同在進退而則異余實衰病久思返於田疇

一作廬公方盛年宜復還於廊廟豈期白首來哭素帷飲醻百分尚想平生之意氣寫哀一奠不知涕洟之縱横尚饗

祭蔡端明文

維年月日具官脩謹遣三班奉職指使李歛以清酌庶羞之奠致祭于故端明殿學士尚書吏部侍郎蔡公君謨之靈曰嗚呼盛必有衰而生必有死物之常理也生爲可樂而死爲可哀人之常情也而又有不幸於其間者宜其爲恨於無窮也自公之奮起徒步而名動京師遂登朝廷列侍從其年壯志鋭而意氣

横出材宏業茂而譽望偉然方公之輝華顯赫之時而其親享壽考康寧之福夫得禄及親人以爲幸也而公以榮名顯仕爲之養綵衣而戲昔以爲孝也而公以金章紫綬悦其顔使天下爲子者莫不欲其親如公之親爲父母者莫不欲其子如公之爲子也其榮且樂可謂盛哉及其衰也母夫人喪猶在殯而公已卧病於苫凷之間而愛子長而賢者遽又卒於其前遂以奄然而瞑目一孤藐然以爲二喪之主嗚呼又何其不幸也此行路之人聞之皆爲之出涕況於親戚朋友乎況如脩者與公之遊最久而相知之最

深者乎夫世之舉遠以爲言者不過曰四海而閭覔南海齊臨東海使脩不得躬一觴之奠寫長慟之哀此其爲恨又可涯哉尚饗

青州求晴祭文 求晴一作祈晴

維年月日具官脩謹以清酌之奠致告于東嶽天齊仁聖帝而言曰夫麥之爲物歷四時而後實凡所以生育長養成就之功可謂至矣以四時之功而成之以數日之雨而壞之此殆非天之意也非神之欲也農服耒耜有勞筋苦骨之勤而水旱之災螟蝗之孽豐歲常少而凶歲常多所得常不補其所失天之至

仁憫斯民之若此也故於其間時賜一大豐之歲以償之夫豐歲可謂難得也既賜與之又遽奪之此非天之意也非神之欲也今在田者垂穗而蔽野在場者其積而如坻民徬徨而視之穗者不得施其手積者不得入于廩使皆化爲羽翼而飛揚之豈不可惜也哉此非天之意也非神之欲也惟神之惠假以十日之不雨以成天之大賜使收穫得以時而民足食公足用是則賴神之靈假之旬浹之頃而九州數千里之地公私皆受其賜矣蓋所假者少而所利者多故敢以爲請尚饗

居士集卷第五十

熙寧五年秋七月男發等編定

紹熙二年三月郡人孫謙益校正

祭程相公文 龤一作讇

祭大夫文 金門一作金馬

祭求晴文

斯民之若此也 之字下有若字